```
CB028276
```

A árvore dos cantos

Amoa hi ã he rë haanowehei

Ou o livro das transformações contadas pelos Yanomami do grupo Parahiteri

edição brasileira© Hedra 2022
organização e tradução© Anne Ballester

coordenação da coleção Luísa Valentini
edição Luisa Valentini e Jorge Sallum
coedição Suzana Salama
assistência editorial Paulo Henrique Pompermaier
revisão Luisa Valentini e Vicente Sampaio
capa Lucas Kroëff

ISBN 978-65-89705-69-7
conselho editorial Adriano Scatolin,
Antonio Valverde,
Caio Gagliardi,
Jorge Sallum,
Ricardo Valle,
Tales Ab'Saber,
Tâmis Parron

Grafia atualizada segundo o Acordo Ortográfico da Língua Portuguesa de 1990, em vigor no Brasil desde 2009.

Direitos reservados em língua portuguesa somente para o Brasil

EDITORA HEDRA LTDA.
Av. São Luís, 187, Piso 3, Loja 8 (Galeria Metrópole)
01046–912 São Paulo SP Brasil
Telefone/Fax +55 11 3097 8304
editora@hedra.com.br
www.hedra.com.br

Foi feito o depósito legal.

A árvore dos cantos

Amoa hi ã he rë haanowehei

Ou o livro das transformações contadas pelos Yanomami do grupo Parahiteri

Anne Ballester (*organização e tradução*)

2ª edição

São Paulo 2022

A árvore dos cantos faz parte do segmento Yanomami da coleção Mundo Indígena — com *O surgimento dos pássaros, O surgimento da noite* e *Os comedores de terra* —, que reúne quatro cadernos de histórias dos povos Yanomami, contadas pelo grupo Parahiteri. Trata-se da origem do mundo de acordo com os saberes deste povo, explicando como, aos poucos, ele veio a ser como é hoje. A história que dá nome a este volume fala sobre o surgimento do canto, que nasceu a partir de uma árvore. Mas reúne também outras narrativas: sobre o surgimento da cobra, da flecha, a multiplicação das onças.

Anne Ballester foi coordenadora da ONG Rios Profundos e conviveu vinte anos junto aos Yanomami do rio Marauiá. Trabalhou como professora na área amazônica, e atuou como mediadora e intérprete em diversos *xapono* do rio Marauiá — onde também coordenou um programa educativo. Dedicou-se à difusão da escola diferenciada nos *xapono* da região, como à formação de professores Yanomami, em parceria com a CCPY Roraima, incorporada atualmente ao Instituto Socioambiental (ISA). Ajudou a organizar cartilhas monolíngues e bilíngues para as escolas Yanomami, a fim de que os professores pudessem trabalhar em sua língua materna. Trabalhou na formação política e criação da Associação Kurikama Yanomami do Marauiá, e participou da elaboração do Plano de Gestão Territorial e Ambiental (PGTA), organizado pela Hutukara Associação Yanomami e o ISA.

Mundo Indígena reúne materiais produzidos com pensadores de diferentes povos indígenas e pessoas que pesquisam, trabalham ou lutam pela garantia de seus direitos. Os livros foram feitos para serem utilizados pelas comunidades envolvidas na sua produção, e por isso uma parte significativa das obras é bilíngue. Esperamos divulgar a imensa diversidade linguística dos povos indígenas no Brasil, que compreende mais de 150 línguas pertencentes a mais de trinta famílias linguísticas.

Sumário

Apresentação 9
Como foi feito este livro 11
Para ler as palavras yanomami 15
A ÁRVORE DOS CANTOS. 17
A árvore dos cantos 19
Amoa hi ã he rë haanowehei 23
Monstro Këyakëya 27
Këyakëya 31
O surgimento das cobras 35
Të pë rë oruprarionowei 39
A onça e a centopeia 43
Ɨra xo, wapororitawë xo kɨ he haapɨɨ 45
A onça e o tatu 47
Ɨra xo, opo xo kɨ he haapɨɨ 49
A multiplicação das onças 51
Ɨra pe re pararoyonowei 53
Minhocão 57
Horemariwë 65
O pássaro popomari 73
Popomaritawë 75

O surgimento da flecha........................... 77
Xereka a rë kuprarionowei........................ 79
Antes do surgimento do terçado................... 81
Sipara a rë kuprarionowei 83
O corte dos cabelos 85
Të pë hemakasi pëyomou rë hapamonowei.......... 87

Apresentação

Este livro reúne histórias contadas por pajés yanomami do rio Demini sobre os tempos antigos, quando seres que hoje são animais e espíritos eram gente como os Yanomami de hoje. Estas histórias contam como o mundo veio a ser como ele é agora.

Trata-se de um saber sobre a origem do mundo e dos conhecimentos dos Yanomami que as pessoas aprendem e amadurecem ao longo da vida, por isto este é um livro para adultos. As crianças yanomami também conhecem estas histórias, mas sugerimos que os pais das crianças de outros lugares as leiam antes de compartilhá-las com seus filhos.

Como foi feito este livro

ANNE BALLESTER SOARES

Os Yanomami habitam uma grande extensão da floresta amazônica, que cobre parte dos estados de Roraima e do Amazonas, e também uma parte da Venezuela. Sua população está estimada em 35 mil pessoas, que falam quatro línguas diferentes, todas pertencentes a um pequeno tronco linguístico isolado. Essas línguas são chamadas yanomae, ninam, sanuma e xamatari.

As comunidades de onde veio este livro são falantes da língua xamatari ocidental, e ficam no município de Barcelos, no estado do Amazonas, na região conhecida como Médio Rio Negro, em torno do rio Demini.

DA TRANSCRIÇÃO À TRADUÇÃO

Em 2008, as comunidades Ajuricaba, do rio Demini, Komixipiwei, do rio Jutaí, e Cachoeira Aracá, do rio Aracá — todas situadas no município de Barcelos, estado do Amazonas — decidiram gravar e transcrever todas as histórias contadas por seus pajés. Elas conseguiram fazer essas gravações e transcrições com o apoio do Prêmio Culturas Indígenas de 2008, promovido pelo Ministério da Cultura e pela Associação Guarani Tenonde Porã.

No mês de junho de 2009, o pajé Moraes, da comunidade de Komixipiwei, contou todas as histórias, auxiliado pelos pajés Mauricio, Romário e Lauro. Os professores yanomami Tancredo e Maciel, da comunidade de Ajuricaba, ajudaram nas viagens entre Ajuricaba e Barcelos durante a realização do projeto. Depois, no mês de julho, Tancredo e outro professor, Simão, me ajudaram a fazer a transcrição das gravações, e Tancredo e Carlos, professores respectivamente de Ajuricaba e Komixipiwei, me ajudaram a fazer uma primeira tradução para a língua portuguesa.

Fomos melhorando essa tradução com a ajuda de muita gente: Otávio Ironasiteri, que é professor yanomami na comunidade Bicho-Açu, no rio Marauiá, o linguista Henri Ramirez, e minha amiga Ieda Akselrude de Seixas. Esse trabalho deu origem ao livro *Nohi patama Parahiteri pë rë kuonowei të ã — História mitológica do grupo Parahiteri*, editado em 2010 para circulação nas aldeias yanomami do Amazonas onde se fala o xamatari, especialmente os rios Demini, Padauiri e Marauiá. Para quem quer conhecer melhor a língua xamatari, recomendamos os trabalhos de Henri Ramirez e o *Diccionario enciclopedico de la lengua yãnomãmi*, de Jacques Lizot.

A PUBLICAÇÃO

Em 2013, a editora Hedra propôs a essas mesmas comunidades e a mim que fizéssemos uma reedição dos textos, retraduzindo, anotando e ordenando assim narrativas para apresentar essas histórias para adultos e para crianças de todo o Brasil. Assim, o livro original deu origem a diversos livros com as muitas histórias contadas pelos pajés yanomami. E com a ajuda do PROAC, programa de apoio da SECULT-SP e da antropóloga Luísa Valentini, que organiza a série Mundo Indígena, publicamos agora uma versão bilíngue das principais narrativas coletadas, com o digno propósito de fazer circular um livro que seja, ao mesmo tempo, de uso dos yanomami e dos *napë* — como eles nos chamam.

Este livro, assim como o volume do qual ele se origina, é dedicado com afeto à memória de nosso amigo, o indigenista e antropólogo Luis Fernando Pereira, que trabalhou muito com as comunidades yanomami do Demini.

Para ler as palavras yanomami

Foi adotada neste livro a ortografia elaborada pelo linguista Henri Ramirez, que é a mais utilizada no Brasil e, em particular, nos programas de alfabetização de comunidades yanomami. Para ter ideia dos sons, indicamos abaixo.

/ɨ/   vogal alta, emitida do céu da boca, próximo a *i* e *u*
/ë/   vogal entre o *e* e o *o* do português
/w/   *u* curto, como em *língua*
/y/   *i* curto, como em *Mário*
/e/   vogal *e*, como em português
/o/   *o*, como em português
/u/   *u*, como em português
/i/   *i*, como em português
/a/   *a*, como em português
/p/   como *p* ou *b* em português
/t/   como *t* ou *d* em português
/k/   como *c* de *casa*
/h/   como o *rr* em *carro*, aspirado e suave
/x/   como *x* em *xaxim*
/s/   como *s* em *sapo*
/m/   como *m* em *mamãe*
/n/   como *n* em *nada*
/r/   como *r* em *puro*

A árvore dos cantos

A árvore dos cantos

Nós vamos cantar. No início, não havia canto, não havia, ninguém cantava. Onde se erguia a árvore dos cantos, os dois foram caçar. Dois moços Wakusitari — dois não, um só moço, que a descobriu em sua região. Os Katarowëteri eram os amigos dos Yãrusi, cujo líder se chamava Yãrusi. Do outro lado da planície, eles, os Wakusitari encontraram a árvore dos cantos.

Outros dizem que foram os Koteahiteri que descobriram a árvore cantando, e que chamaram os Katarowëteri para pegar os cantos.

Graças à árvore, os Koteahiteri se enfeitaram com penas de cauda de papagaio, pintaram-se com elegância, colocando crista de mutum, e dançaram. Era uma região bonita e plana onde crescia somente a planta ária. Eles ocupavam uma bela região.

Por isso, dois moços koteahiteri foram caçar.

— Vamos entrar na mata, lá adiante!

O irmão mais velho e o irmão mais novo foram caçar. A floresta parecia mais baixa por causa da luz forte, como a luz do dia na roça. Foram embora naquela direção, andando. Andavam no meio do brejo, andavam no meio, ouviram os ecos dos cantos.

Não havia sujeira no chão onde encontraram a árvore dos cantos dançando, para frente e para trás. Havia somente areia bonita e muito brilhante. A árvore dançava.

— Ãë, ãë, ãë, e, e, e, e, e, ãë, ãë, ãë, ãë! — encontraram a árvore cantando assim.

— Ë, aëë, ëaëë, ëaëë, ëaëë, ëaëë, ëaëë! — cantava a árvore.

Enquanto isso, o irmão katarowëteri, o filho mais velho, disse:

— Õo, irmão menor! Dá pra ouvir um canto, lá onde há uma luz grande acima do pântano, o som do canto vibra lá, escute isso! Provavelmente é o som de um grande monstro! Esse som, naquela direção, mais adiante! Vamos nos aproximar por ali, abrir um caminho no areal! Venha aqui! Vamos, irmão menor! Vamos logo olhar de perto!

— Será voz de gente? — disseram os dois.

Onde a árvore dançava, a luz forte batia na areia bonita.

— Õoooãaaa! Vamos, irmão menor, vamos! A árvore dos cantos está dançando, vamos, vamos, vamos até nosso pai, para avisá-lo! — disse.

O irmão menor subiu em uma árvore bonita *matomɨ* inclinada, para ver se havia gente por perto, se via algum movimento, subiu e ficou no alto.

Ali, na areia, a luz brilhava de todas as cores, repousava bem no centro, e a árvore dançava devagar para frente e para trás, cantando. A boca da árvore era bem bonita, e a árvore dançava para frente e para trás.

O irmão menor desceu e disse:

— Õooãaaa! Irmão mais velho! Irmão mais velho! Nossa! Está lá cantando e dançando, de uma maneira tão bonita, é a árvore dos cantos! Querido, parece que essa árvore canta, essa árvore tem cantos bonitos!

— Vamos! Vamos até nosso pai!

Os dois disseram e correram imediatamente. Chegaram correndo.

— *Prohu*! Chegamos!

Eles encontraram esse som e se enfeitaram por causa da árvore dos cantos.

— Meus queridos! Enfeitem-se para pegarem cantos bonitos! — disse o líder dos Koteahiteri.

O irmão mais velho fez o *himou* com o pai, contando-lhe sobre a árvore dos cantos.[1]

— *Tãrai*! *Ha*! Meu pai! Pai! Olhe! Sou teu filho, olhe! Você não sabe por que voltei logo correndo! Você nem sabe! Pai! Pai! Pai! Você nem imagina o canto bonito que meus ouvidos ouviram! De arregalar os olhos! Meu pai! Meu pai! Meu pai! Você que mora aqui, eu sou seu filho, eu não lhe diria para proibir as mulheres se enfeitarem! — disse.

— É claro! É claro! Queria ouvir isso mesmo, meu filho mais velho, querido! — respondeu seu pai.

Fez o *himou*:

— Vamos! *Õoooãaaaaõoãaõoãa*! Ele viu uma bonita árvore dos cantos! *Õõoo*! — gritaram.

Ficaram animados.

---

1. O *himou* é uma modalidade de diálogo cerimonial usada para trazer notícias, ou fazer um convite para uma festa.

Amoa hi ã he rë haanowehei

Amoa pëma a tapë. Hapa amoa a kuonomi. Kuonomi, ai të pë kãi amoamonomi, tëhë amoa kama hi rë upraatayowei hamɨ, kɨ ramɨ hupɨrayoma.

Kutaenɨ hi ã eë hapɨrema Wakusitari a huyanɨ, kɨpɨnɨ mai, yami a huyanɨ. Katarowëteri pë rë kui, Yãrusi kama nohi e pë wãha kuoma, Yarusi përɨamɨ a wãha kuoma yaro. Ĩhɨ ai maxi yarɨ hamɨ Wakusitari pënɨ amoa hi ã he haremahe.

Ɨnaha ai të pë kuɨ: Hei Koteahiteri pë yainɨ amoa kë hĩ ã he haamahe. Katarowëteri kë pë ha nakarëhenɨ, amoa kë hĩ ã toamahe.

Amoa hi nohi pauxiamahe. Werehi xina pata huuhamahe. Pë onimoma, pë no aiama, ĩkɨmo a huuhamahe, pë ha kuaanɨ, amoa hi nohi praɨamahe. Urihi katehe kë, kuma kë masi he pata yarɨmoma, urihi katehe a pomahe.

Pouhe yaro, ĩhɨ Koteahiteri huyahuya kɨ ramɨ apɨyo hërɨma. Kɨ ramɨ ha apɨro hërɨnɨ.

— Kiha pëhë kɨ ha paikutunɨ!

Hei pë pata, hei pë oxe, ɨnaha ramɨ kë kɨ hupɨma, ramɨ kë kɨ apɨyo hërɨma. Kutaenɨ, hĩii! e të xĩi pata yahatotoa hërɨma. Hikari kurenaha e të xĩi pata kuaa hërɨma. Kuaa hërɨpë hamɨ, kɨpɨ katito hërɨma. Matotapɨ hërɨma.

Yãmaro kë xĩi pata hami ki mi amopia hërima, mi amopia hëriiweiiiiiii, mi amo yai ha amoa kë ã wa karëhoma, mi amo yai ha hẽka a praopë ha kunomai, amoa kë hi tirurou he hapirema, makamaka katehe kë a pata yaixĩi no aihimou totihiopë hami, amoa kë hi tiruroma.

— Ãë, ãë, ãë, e, e, e, e, e, ãë, ãë, ãë, ãë! — amoa e hi kupii he harema. — Ë, aëë, ëaëë, ëaëë, ëaëë, ëaëë, ëaëë! — amoa e hi kupima. Kui ha, Katarowëteri pata a rë kui, ihirupi pata e rë kui:

— Õo! Õasi! Amoa a nohi karëhorati kihi të xĩi pata rë makerati ha, kihi amoa, kiha amoa kë a morokai kurati, yimika ta taprao, ĩhi rë — e kuma — Yai të ã pata pë wëë! — pata e kuapraroma. Ihi Koteahiteri pëni. — Kihi të ã rë morokarati hami, mihi të pata makamakapi rë matoto piyëhëri hami, wa yo ha reikimapaharuni, a ta ahehetetaru! — pata e rë kuyaronowei — Pei! Oxei! Pëhë të ta mii ahetou xoao!

— Yanomami rë të pë ã mata tawë!

Ki noã tapiyoma, amoa kë hi tirurupë hami. *Hĩiiiii!* Makamaka katehe kë e xĩi pata makeoma.

— Õooãaaa, pei kë, oxei, pei kë oxei, amoa hi rë tiruropiyei ë, pei kë, pei kë, hayë kë ihami ëë, hayë pëhë a yimikamapëë! — e kuma.

Matomi katehe hi pata kaiopë hami, oxe e tukema, Yanomami të pë mii ha, të pë xurirou mii ha, e ha tuikuni, e ha tirehetaruni.

Kihi makamaka kë a xĩi pata no aiwë makeai kupiyei, mi amo yai hami amoa kë hi wa kãi opi tirutirumoma, të hi kahiki no aiwë no kirii, e të hi tiruroma.

— Õooãaa! — e ha nihoroto hërini — Apa! Apa! Kurahë katehe kë të wã kãi tirurou kuopiyei. Apa, amoa kë hi ë!

— a kuma. — Pusi amoa kë hĩ ã no taië, pusi amoa katehe kë hĩ ã rë taië! — e kuma.
— Pei kë! Hayë kë ihamɨ ë! Kɨ ha kupɨnɨ, kɨ rërëpɨa xoape hërima. Kɨ ha rërëpɨpo hërɨnɨ:
— *Prohu!* — e kɨ kupɨma.
Amoa hi nohi pauxiaɨhe ha:
— Pusi pei kë pë ta pauximo xë! Amoa katehe wama a toapë! — përɨamɨ Koteahiteri e kumahe.
Hi nohi himopɨama pë patanɨ e hi nohi himoama, amoa hi wãha nohi wëaɨ ha, pë hɨɨ iha.
— *Tãrai!* — e kuma — *Ha!* Napemi! Napemi! Ha! Hei yarohë ya rë kuii, ha! Weti wa të taɨ ha, wa të rërëi mɨ yapa a ta kuponɨ? Wa puhi kuoranɨ ha kunomai! Napemi! Napemi! Napemi! Hei ya yɨmɨka ha amoa katehe ya rë hiritaɨwei! Ya mamo rë ikeketouwei, napemi! Napemi! Napemi! Hei kɨ suwë rë kui, kɨ pauximomaɨ mai! E roa yai a ta përa! Yarohë ya rĩya kuoranɨ kunomai! — e kuoma. E kuɨ ha:
— Hão! Hãooooo! Noa taɨ yai a ta përaxëa. Pusiwë! Pusiwë! Ha! Ɨnaha rë kë, ɨnaha rë kë — pë hɨɨ e kuma.
E nohi himoama.
— Pei kë! *Õoãaõoãaõoãa!* Amoa katehe hi he hõra rë harenowë! *Õoooo!* — e pë kuma.
E pë xi wã kãi toaama.

Monstro Këyakëya

Havia também os que viviam na região centro-sul, os Yãimoropiwei, que ficaram presos, pois moravam dentro da terra com o monstro Këyakëya — que, portanto, não era gente.

Os que asfixiaram Këyakëya existiam bem antes de nossos antepassados. Këyakëya morava dentro da terra, na vizinhança do *xapono* dos ancestrais.[1]

Apesar de ser um monstro, Këyakëya era líder dos Yãimoropiwei. Os companheiros de Këyakëya moravam dentro da terra e a casa deles tinha um respiradouro, como o da casa do tatu. A casa de Këyakëya também tinha um respiradouro. Moravam ali também os Motuxi, que se dividiram e se espalharam.

Os Prãkiawëteri asfixiaram Këyakëya, tentando matá-lo. Asfixiaram-no, foi assim que nos ensinaram a matar. Eles não o mataram com flecha.

No início, não havia matança, não havia inimizade, não havia briga mortal. Os *napë* também não existiam.[2] Os nossos antepassados não sabiam manifestar ira nem raiva.

---

1. Os *xapono* são as casas coletivas circulares onde moram os Yanomami. Cada casa corresponde a uma comunidade; em geral não se fazem duas casas numa mesma localidade.
2. O termo *napë* designa os estrangeiros, em geral os brancos, ou quem adotou seus costumes.

Ele conseguiu escapar sob a forma de espírito. Ele não se transformou à toa. Os companheiros dele, como nós, sempre padeciam de fome; todos morreram pela fumaça que entrou no buraco.

Këyakëya nos legou o sentido de vingança por causa da filha de quem? Qual é o nome do pai cuja filha foi vítima da crueldade de Këyakëya, que chegou e entrou no *xapono*? A vítima que, brutalmente, Këyakëya fez descer da rede e sair era a filha do líder dos Naiyawëteri. Era uma moça bonita, realmente muito bonita. Ela estava na primeira menstruação, e mesmo assim, ele a arrancou da reclusão.

Apesar de ser monstro, Këyakëya existia e vivia como gente. Como morava dentro de um buraco, depois de trucidar a menina menstruada, ele e os demais membros do grupo foram asfixiados pelos Prãkiawëteri. Mas apenas Këyakëya conseguiu fugir, se tornando eterno na forma de espírito. Ele ainda existe como espírito.

Naiyawë desgalhava um pé de fruta *nai*[3] em uma roça distante. *Aooo, aoooo, aoooo, aooo!* Fazia assim para sua gente.

Enquanto eles comiam a fruta *nai*, Këyakëya arrancou a menina do seu recluso, matou-a e a devorou. Ele a comeu sozinho.

Fez lascas pequenas da carne das demais crianças, que também havia trucidado, para oferecer a todos seus companheiros. Amontoou as lascas de carne que ele colocou no seu grande cesto, chamado *yotema*. Carregou todos os restos das crianças massacradas e levou junto o irmão da menina menstruada, que estava vivo e bonito. Ele o fez sentar em cima dos cadáveres dentro do cesto.

---

3. Segundo Lizot, uma balateira, *Manilkara bidentata*.

O menino vivo, que ele levou, transformou-se em papagaio durante o percurso. Këyakëya saiu do *xapono* dos Naiyawëteri e andava a passos largos, foi então que o menino, já de longe, disse:

— *Kuao! Kuao! Kuao!*

Esse som se tornou o som dos papagaios. Esses pássaros voam; ele pousou em um galho e assim ficou. Këyakëya olhou para a beira do cesto, querendo ver se o menino ainda estava sentado. Fez o filho de Naiyawëse tornar papagaio. Como o menino não estava, ele retornou àquela direção. O menino se tornou a imagem do papagaio que grita: *Kuao! Kuao! Kuao!*

— Ouça! Meu xerimbabo! Onde você pousou? *Kuato, kuato, kuato!* — disse Këyakëya voltando e correndo. — Em qual paragem você ficou? *Kuato, kuato, kuato!*

— *Õiyaoooo!* — disse o papagaio.

Assim disse aquele que, apesar de ser filho de gente, tornou-se papagaio.

É a história dos antepassados. Tambem existiam monstros com outros *xapono*, sendo essa a história de Këyakëya e dos Yãimoropiwei, que moravam em *xapono* pouco distantes um do outro.

Depois, aparecerá o nome do rio que tirará e levará muitos ancestrais Yanomami. É somente depois da história dos Yanomami levados pelo rio que vem nossa história. Os Waika a contam de uma maneira diferente, eles a contam conforme seus antepassados lhes contaram.[4]

---

4. O par *waika/ xamatari* parece ter sido usado originalmente para designar outros grupos yanomami vivendo em região geográfica diversa de quem fala, os primeiros ao Norte e Oeste, e os segundos ao Sul, reconhecendo-se neles conjuntos de características que os particularizam. Os termos foram atribuídos em diferentes momentos pelos brancos para designar grupos específicos de forma estável e, no

Os companheiros de Këyakëya não sobreviveram, morreram todos pela fumaça. Eles os asfixiaram a todos, somente Këyakëya sobreviveu, se transformando em espírito eterno. Esse sobrevivente alcançou o *xapono* dos espíritos, pois se tornou um deles, quando ainda eram Yanomami e moravam como nós. Ele os alcançou e ficou lá. Não mora mais onde o asfixiaram. Somente restou o marco dele. Não pensem que os companheiros de Këyakëya sobreviveram e se agruparam enquanto ele alcançava os espíritos!

Não houve sobreviventes do grupo dos Naɨyawëteri. Acontecerá depois. Os sobreviventes eram os que afundaram, não os outros antepassados. As águas sobem devagar e os que afundam são os únicos sobreviventes.

Depois, os que tinham o mesmo nome que as montanhas também sobreviveram.

---

caso de *xamatari*, para designar a própria língua do tronco yanomami usada pelos Parahiteri que fizeram este livro.

Këyakëya

KAMA pë rë kuonowei koro ha mɨ amo ha, pë xi rë wãrionowei, pë rii rë titionowei, yai tënɨ pë kãi titioma. Këyakëya, Yanomamɨmi makui, a përɨoma.

A rë yarënowehei. Kamiyë pëma kɨ no patapɨ përɨo mao tëhë, të pë rë përɨo xomaonowei të pë wãha xomaa. Ĩhɨ pata pë yahipɨ he tikë ha, pëɨxokɨ ha, yai të titioma. Këyakëya përɨamɨ a wãha, yai të makui. Ĩhɨnɨ Yãimoropɨweiteri pë kãi përɨoma. Këyakëyanɨ pë kãi rë titionowei, mahu hẽremopɨ kuoma, opo pë hẽremopɨ rë kurenaha Këyakëya yai të hẽremopɨ kuoma kutaenɨ, Motuxi pë pata xereremou piyëkëmoma kutaenɨ, kama e pë kãi rë përɨonowei, Motuxiwëteri pë kãi titioma. Këyakëya ei pë wãha.

Wetinɨ Këyakëya pë kãi rë titiaɨwei, weti naha pë wãha kuoma? Ĩhɨ Prãkiawëteri pënɨ Këyakëya a yarëmahe, a xëpraremahe. Ĩhɨ pënɨ pëma kɨ ixou hiraɨhe ha, Yãimoropɨweiteri pënɨ Këyakëya a unokai yarëmahe. A xëprapehe, a yarëmahe, kamiyë pëma kɨ xëprayopë. A nianomihe.

Hapa niayou të kuonomi. Pëma kɨ napëmayou, xëpraɨ të kuonomi. Napë pë makui, pë kãi kuonomi. Pëma kɨ nohi patama waiterimou taonomi, huxuo kãi taonomi, ĩhɨ pë xëremahe.

Këyakëya a xëpraɨ puhioma makuhei, a xëpranomihe. A hekura tokua he yatirayoma, kama a kuprou pëonomi. Hei kamiyë kureneha kuwë të pë no xĩro preaama, të pë hititɨwë nomarayoma.

Këyakëyani weti tëëpi noã prearema? Këyakëyani pë tëë e napë rë itorayonowei, e napë rë harayonowei, weti naha pë hii e wãha kuoma? Naiyawëteri ihirupi, tëëpi noã prearema. Kama përiami Naiyawëteri a yai kuoma. Suwë katehe a yai kuoma. Pë tëë e yai riëhëoma, kamiyë kurenaha mai! Ihi suwë katehe yipi a ha ukëa he ha yatirëni, a noã prearema.

Ihi a përioma, Këyakëya a rë përionowei, yai të makui Këyakëya a Yanomami përioma. A titioma kutaeni, inaha të tama yaro, yipi hena xëprai xi ha wãrironi, kama e pë rë kui, e pë no ha preraruni, e pë ha yarërariheni, kama a rë kui a parimi hekura tokua xoarayoma. Ihi a hëa xoaa, hekura.

Kihi hikari a rë kurahari naha, nai a pehi pata tihetimamahe ha:

— Ãooo, ãoooo, ãoooo, ãooo! — Naiyawëteri e pë kuma.

Nai a waihe tëhë, a ukëa hearema. A xëprapë, a wapë. A warema. Yamini a warema.

Nakaxi yãhi pë wai ha tani, tani, kama urihiteri pë haikama, pë topërarema. E yãhi ki ha oriheni. Pë ihirupi pë no maprai hearayoma yaro, hititiwë pë mi këa hearerema, pë yehire hërima, kama yotema e hami. Ihiru e pë no payeri rë tapraiwei, pë titire hërima. Ihi pë tai makure, a rë përiaiwei, yaipi rë këprarihe, ihirupi e rë kui a yure hërima. Temi. A rë riëhei. E tikëmare hërima.

Ei a rë yurehe, kiha a kãi kutou tëhë, werehi e kuprarioma. Hëyëha a kãi rë hare, a kãi rë rahurahumoimati, kihi karexi si rë prarahari naha a kãi kutou tëhë:

— *Kuao, kuao, kuao!* — të pë werehi rë kuuwei a no uhutipi kuprarioma, të pë yëi ha piyei kuni heinaha e ha waroroikuni, e kasiki miprarema, Këyakëyani, e tikëa mii ha. Përiami e ihirupi werehipramarema. A maa ha, e wã kãi yëa mi yapakema:

— Tãrio, weti ha wa hore piyëkei kuhe? a wãti. Kuato, kuato, kuato! — e kui mɨ rërëa mɨ yapakema — Weti ha a hëprario kuhe? Kuato, kuato, kuato!
— *Õiyaoooo!* — e kurayoma. Yanomamɨ ihirupɨ kuoma makui, e kua topramarema, ɨnaha e kuma.
Ɨnaha të ã kua, pata të rë kui, ɨnaha të pë kuaama. Ɨhɨ yai tënɨ pë kãi përioma, ɨ̃hɨ tëhë ai të pë rë përionowei, ɨ̃hɨ të ha, hei Këyakëya a rë yarënowehei, Yãimoropɨweiteri pë hirao he paoma.
Ɨhɨ ei rë pë rë kui, waiha pei rë u kë wãha rë taore hamɨ, pë rë pakakumare të wãha kuropë. Ɨhɨ rë të he tikë hamɨ, të he tikëatayoa, të he tikëa kurati, komosi të ã yai. Hei Waika pë rë kui, maa, kama e të rii taihe. Kama pë no patapɨ wãha rii tao. Kamiyë pëma kɨ no patapɨnɨ të ã rë wëyënowehei ei të ã rii. Të rii ma rë yaitapraruhe. Ɨhɨ kama, ɨ̃hɨ të rii maxi hamɨ, ɨ̃naha të kuoma, hapa të pë rë përionowei.
Ɨhɨ Këyakëya urihi teri pë rë kuonowei të maxi hamɨ pë rë kuonowei, Këyakëya urihiteri pë rë kui, ai e pë hëpronomi, kaɨ wakë xinɨ, pë xëpraremahe. Pë yarëpraɨ haikirayomahe yaro, ai pë temɨ haimi, hei pë rë kui, Këyakëya kama a rë kui, a hekura ha parimiprarunɨ, a hëtarioma. A nomanomi. Ei a rë kui, hekura pë iha a waroopë, a hëprario kuhe, Këyakëya hekura. Yanomamɨ pë kuo tëhë, hei pëma kɨ rë kurenaha hekura pë përioma. E warokemahe. Ɨha a kuopë.
Kama a rë yarënowehei ha a titia xoaami. Hekura yai të pë iha a warokema. Pei uno kua hëa. Hei pë rë kui, hei pë rë hëpraruhe, hei pë rë kui, Këyakëya hëyëmɨ e kua rë xoarahai weti naha kuwë të pë hiraopë ha, Këyakëya a warokema, pë puhi kuu mai! A warokema.
Naɨyawëteri pë rë hëre, hei pë hëtopë mai! Hei pë mixi rë tuore, pë xɨro hëprario, ai të pë no patama hëpronomi.

Wãisipɨ, ɨ̃sitoripɨ të u wai rë õkimouwei, së mixi rë tuowei pë rë kure, hei kë së.

Ɨhɨ së rë kui, te he tikë hamɨ ai së rii, pei ma së rë kui, ma së wãha rë yehiponowehei, ɨ̃hɨ së kãi hëprarioma.

O surgimento das cobras

Nessa época também, as cobras não rastejavam como rastejam hoje, elas viviam como os Yanomami. Transformaram-se onde desceu o Sangue da Lua, na floresta. Lá, caíram as cobras que picam. Transformaram-se em cobras lá em cima, enquanto iam para uma festa. Hoje, quando vocês olham para o céu, vocês veem o peito daqueles que se transformaram em cobras. Não havia cobras, nem jiboias, nem sucurijus. Os poraquês não existiam, nem os peixes. Nós comemos a carne de gente.

Eles se transformaram em cobra, não no *xapono*, mas nesta floresta mesmo. Foram chamados e foram lá, Wataperariwë e Jiboia, o irmão mais velho. Foram lá longe com as Cobras, mas se transformaram na floresta. Eles, então, não foram dançar.

Com a cabeça coberta de penas brancas, dessa mesma forma que nós nos pintamos, cada um pintou seu corpo com listras diferentes. As Cobras moravam na sua própria região, como gente. Transformaram-se quando foram convidadas a dançar. Elas antes viviam como gente.

Quem eram os dois tuxauas? O irmão mais velho e o irmão mais novo moravam com as Cobras. Os dois também foram dançar Watawatariwë e Jiboia moravam com seu grupo, as Cobras. Jiboia era o irmão do meio. Watawatariwë era o caçula. Os dois irmãos mais velhos eram esses: Jiboia e Sucuriju, que nasceu primeiro. Aqueles que se pintaram eram três, pois havia também Watawatariwë, o caçula, por isso nós nos pintaremos assim.

Os Parawari também viviam com eles. Por causa deles se metamorfosearam, porque os Parawari os levaram.

Todos eles moravam em frente à serra Wãyapoto, que ainda tem esse nome. Ocupavam essa região ao pé da serra na planície. Eram todos bonitos. É o nome da região onde moravam os antepassados. É o verdadeiro nome dessa região. As Cobras bebiam a água do rio Wãyapo, tomavam banho, se lavavam nesse rio bonito. Tomavam banho e bebiam água.

Eles nos ensinaram, assim, a dançar, mas, infelizmente, se metamorfosearam. Eles iriam dançar, mas, infelizmente, se transformaram. Iriam dançar. Transformaram-se em cobras imediatamente. Tornaram-se cobras. Não foram dançar no *xapono* de outros.

Em que *xapono* iam dançar? No *xapono* daqueles que se transformaram, que ainda existe na terra plana. Aqueles que se transformaram, apesar de se pintarem fora do *xapono*, sofreram a metamorfose, transformaram-se em cobras.

Os que convidaram as Cobras, como se chamavam esses antepassados? Eles gritavam enquanto cozinhavam o mingau de banana para os visitantes.

— Por que estão agindo assim? — perguntaram-se.

Pareciam gritar de propósito. Transformaram-se perto do *xapono* dos Jalouaca. Transformaram-se perto desse *xapono*. Transformaram-se. Os antepassados se chamavam assim, Jalouaca. Assim se chamava o líder. Eram espíritos, são nomes de espírito. Eram Yanomami e moravam como os Yanomami.

Apesar de morarem, assim como nós, após a metamorfose em cobra eles não voltaram à condição de seres comuns. Pintaram-se fora do *xapono* dos Jalouaca, pensando:

— Os Yanomami se pintarão assim!

E se pintaram com listras. Pintaram-se, na parte superior do braço, com cor de sangue preto, igual à cor de meu irmão mais novo, como a cor de seu braço. As cobras *maraxari* se pintaram assim; a cobra coral também se pintou com manchas vermelhas.

O segundo grupo do *xapono* das Cobras se pintou em outro lugar, distante, para que aquelas do outro grupo, que se achavam bonitas, se zangassem. Elas tomaram banho no rio Wataperari, cuja água era branca. Ficaram onde brilhava a luz. Assim era a luz do rio. Perto do *xapono* dos Jalouaca, havia o rio, o rio apareceu de repente.

Um pouco longe do *xapono*, as outras Cobras se pintavam juntas.

Pintaram-se. No segundo grupo havia uma mulher. Os bonitos desse grupo, eram muito bonitos, chegaram até as outras cobras. Chegaram também com eles dois Parawari bonitos, todos eram muito bonitos. Chegaram. A beleza de suas pinturas incomodou os outros, que ficaram com inveja. Chegaram, enquanto os outros se pintavam com riscas. Aquele, cujo nome eu dei, apareceu no meio deles, Sucuriju. Ele, o irmão mais velho, estava ao final dos que chegavam, aquele que tem grandes desenhos.

— *Hĩhĩ*! *Wĩsa*! *Wĩsa*! — assobiaram.

Os do primeiro grupo, ainda se pintando, viraram a cabeça para olhar em direção das cobras bonitas chegando, e disseram, felizes:

— Acabei de me pintar desse jeito!

Apesar de não terem dentes como os dos Yanomami, depois de se transformarem em cobras, depois da metamorfose, os dentes saíram. No início, não havia cobra, aquelas que picam não andavam no chão, não havia cobra-surra, nem coral, nem cobra *maraxa*, nem cobra *huwëmoxi*.

Não havia nenhuma dessas cobras. Lá, onde os bonitos estavam se transformando em cobras, houve um barulho tão grande como o de um bando de queixadas, pois as cobras estavam surgindo. As jararacas, as surucucus, as cobras papagaios e as cobras *waro* também surgiram. Invadiram toda a floresta. Assim foi.

Aqueles que haviam convidado as Cobras, os Jalouaca, por causa dos quais aconteceu a transformação, subiram também ao céu no lugar da transformação. Os bonitos estavam suspensos. *Torurururu*! E trovejou. — *Prohu*! — Chegaram lá. Não estão aqui, nessa terra, pois andam lá. Queriam viver saudáveis, então estão lá, saudáveis. Não ficam em baixo. Ficaram em cima.

Quando as Cobras subiram, o que aconteceu com os amigos delas, os Jalouacas? Transformaram-se também em cobra.

Então, os líderes do primeiro grupo, que se transformaram também em cobras, ficaram na terra.

Të pë rë oruprarionowei

Oʀᴜ pë kãi hunomi, oru Yanomamɨ kurenaha pë kãi përɨoma, pë kãi kuoma. Ɨhɨ, kihamɨ, Pĕripo ɨ̃yë rë itorati hamɨ, urihi hamɨ, kiha pë xi wãrihotayoma. Ɨha pë oru rë kerayonowei, të pë si wëyëɨhe, oru pënɨ. Heaka hamɨ, pë xi rii wãrihipraritayoma. Pë praɨaɨ mɨ ha hurɨnɨ, pë xi rë wãrihonowei, hei wama parɨkɨ mɨɨ. Oru pë hunomi, hetu pë hunomi, wãikoya pë kãi kuonomi, yahetipa pë kãi kuonomi, yuri pë kãi kuonomi, Yanomamɨ wama të pë yãhi kɨ waɨ.

Urihi ha pë ha nakarehenɨ, pë huɨ ha kuikutunɨ, Wataperariwë, Heturiwë pata xo Oruri pë kãi hupɨɨ ha kuikutunɨ, urihi ha pë xi wãrihoma, pë praɨɨ kateheonomi.

Pei të pë horoimo pë ha, të pë ma rë yãmouwei, pei të pë pata yãprutaaɨ yaitaama, Oruri pë ha oraora ya të wãha takema, korokoro pë wãha kuami, pë xi rë wãrihonowei. Ɨhɨ Oruri pë rë kui, kama pë urihipɨ ha, Yanomamɨ kurenaha kamiyë pëma kɨ rë kurenaha pë përɨoma, pë xi wãrihiprarioma. Pë xi wãrihopë makui, pë praɨɨ mɨ ayoma, pë ha xorehenɨ, Yanomamɨ pë përɨo parioma.

Ɨhɨ exi e të përɨamɨ kupɨoma? Pata, pë oxe. Oruri pë kãi rë përɨpɨonoweɨ. Ɨhɨ pe kai praɨpɨɨ mɨ kãi rë hurayonowei, Watawatariwënɨ pë kãi përɨoma, Oruri, Heturiwë xo. Heturiwë pata e wãha yai, pëɨxokɨ hamɨ ke e. Pata ɨnaha e kɨ kupɨa hei, pë xɨro. Wãikoyariwë pei a haa xomarayoma. Ɨnaha pë kua. Ai, ai, ai pë kuoma. Wãikoyariwë e kãi kua, kama pë rë onimonowei, kamiyë pëma kɨ onimopë. Wãikoyariwë, Hetu, Watawatariwë oxe e wãha, suhe u haikatimɨ.

Parawari pënɨ pë kãi hiraomahe, Parawari pë xo pë hiraoma, ĩhɨ pënɨ pë rurure hërɨmahe yaro, Oruri pë xi wãrihamapehe, katehe kama pë xĩro hirao yarɨtaoma.

Wãyapoto a parɨkɨ ha pë hiraoma, ĩhɨ Wãyapoto a parɨkɨ ha pë përɨa xoaa. Ihɨ e wãha kua xoahe. Yari ha, ĩhɨ kɨ tëhë pë përɨoma, a urihi pomahe, kama pë urihipɨ wãha. Pata pë rë përɨanowei, të wãha urihi yai. Oruri pënɨ u rë koanowehei, Wãyapo u koamahe. Ihɨ u yaruamahe. Wãyapo katehe u yaruamahe. Pë rë yãrɨmonowei, u rë koanowehei.

Kamiyë pëma kɨ praɨpë, ĩhɨ të rë hiranowehei, ĩhɨ pënɨ të praɨɨ hirapehe, pë hurayoma makui, pë yaitaaɨ tikooma. Pë xi wãrihou tikoopë makui, pë hurayo hërɨma. Pë praɨɨ mɨ ayo hërɨma. Kama pë oruriprou xoarayoma. Pë oruriprarioma. Ihɨ ai të pë iha pë praɨɨ mɨ hunomi.

Weti pë iha pë praɨpë pë hurayoma? Ihɨ pë xi rë wãrihonowei yarɨ ha, xapono pata a praa xoaa, yarɨyarɨ të ha.

Oruri pë rë xoanowehei, pë pata rë hiraonowei ĩhɨ weti naha pë wãha kuoma? Ihɨ pei pë xi yai rë wãrihonowei, sipo ha pë yãmou makure, pë no rë Oruri preaanowei, pë rë oruriprarionowei. Pë rë yaitaanowei. Të kɨ ã si pata ma hipikitapiyei, pë kuratapɨ u hariihe ha, të kɨ ã si pata ma potehetapiyei makui:

— Weti naha pë pata kuaaɨ tikoa kupiyei?

Pë nohi kuaama. Ixarowëteri pë iha, pë xaponopɨ ha pë xi wãrihoma. Ixaropɨwëteri pë përɨoma. Pë xi wãrihoma. Pata pë rë kui, ɨnaha pë wãha kupramoma, Ixarowëteri. Ihɨ përɨamɨ a rë kui ĩnaha rë a wãha kuoma. Hekura pë përɨoma, hekura pë wãha. Yanomamɨ rë pë kuoma. Yanomamɨ kurenaha pë përɨoma.

Hei kurenaha pë përɨoma makui, pë poreriprou kõonomi. Ixarowëteri ĩhɨ oruri pë xi rë wãrihamanowehei pë wãha. Ɨhɨ pë xaponopɨ sipo ha, pë ha yãmorɨnɨ:
— Ɨnaha pë kuaaɨ hëopë tao!

Pë puhi ha kunɨ, pë tiprutaama. Oxeyë kihi ĩxi kurenaha, wakë poko kɨ hĩia rë kurenaha, hei ora ĩxi hĩia rë kurenaha, hei koro ĩxi rë kurenaha, pë yãmou kuaama. Maraxari pë kuaama, huwë moxi pë kuaama, hei kurenaha pë wakë rukëkoma, yamixano.

Katehe të rë huxutamarenowei pei pë yãmou hëoma. Ɨhɨ kama Wataperari kama u ha, pë yãrɨmou hëkema, u wai au, të u xĩi wai praapraamopë ha, pë hëkema. Heinaha u xĩi kuoma. Ɨhɨ Ixarowëteri pë xaponopɨ ahete ha, e u kuoma, e u pëtariomahe.

Hei kamiyë pëma kɨ rë titipiyei hiramorewë nahi ha, kihi Oruri pë yãmou, ĩnaha pë hirao kuoma.

Pë yãmoma, katehe kɨpɨ yai rë kui, pë pëtarioma, ɨnaha pë pëtou kurayoma, hei, suwë mahu a, hei Parawari katehe kɨpɨ. Ɨnaha kama pë xɨro kuoma. Katehe pë yai rë kui. Ɨhɨ pë rë huxutore, pë mɨa kãi no rë preaare, pë mɨ tikëtikëpraroma e pëtariomahe. Ɨhɨ hapa ya wãha rë yuprarɨhe e parɨomahe. Noha hamɨ Wãikoyariwë e kuoma. Hɨtɨtɨ, pata e nohapɨ aɨmama, pë onɨ pata rë prei.

— Hɨi! Wɨsa! Wɨsa! Pë husi he ã pë mamo xatipraamapehe.

— Hei, ɨnaha ipa ya të taawaikike kuhe! — pë kuɨ topraroma.

Yanomamɨ kurenaha pë nakɨ kuonomi makui, pë ha orurɨprarunɨ, ĩha pë xi ha wãrihiprarunɨ, pë nakɨ hararɨoma. Hapa oru a kãi hunomi, wa si rë wëaɨwehei të kãi praonomi, Wãyapotorema pë kãi kuonomi, miomaakahe pë kãi kuonomi, maraxa pë kãi kuonomi, huwë moxi pë kãi kuonomi, kuonomi. Ɨha pë xi rë wãrihore, ĩhɨ pë xi rë wãrihorati ha, katehe pë xi wãrihopë ha, hawë warë kɨ pata hõra kuprarioma. Oru pë kuprou yaro. Karihirima, pẽreima, arawaomɨ, waro pë kãi pata kurarioma. Ɨha pë rë kuaare ĩha hei a urihi rë kui, a haikiremahe. Ɨnaha pë kuprarioma.

Pë xi rë wãrihamarahei, ĩharë, kama pë xi rë wãrihiprore ha, pë heakaprario hërɨma. Heaka hamɨ kama pë kurayoma. Kama katehe pë rë kui, pë pehi sutihiprou yaro *Torururururu!* Yãru e kurayomahe. *Prohu!* Kihamɨ pë kuketayoma. Hëyëmɨ pita ha pë kuami. Kihamɨ pë huɨ. Katehe pë yai përɨo puhiopë yaro, katehe pë kua kurati. Pë pepiami. Pë heakaketayoma.

Ɨnaha pë ha kuprarunɨ, ĩhɨ ĩnaha pë ha kupraruni, weti naha norimɨ e pë rii kuaama? Ɨnaha e pë riikuprou mɨ heturayomahe.

A onça e a centopeia

Nessa época as onças não comiam gente, não andavam, não existiam. Não havia onça na floresta. Daí essa história. Não andava onça por aí para nos matar e nos comer. *Hu, Hu! Hu!* A onça não dizia isso.

Quem encontrou a primeira onça? Sozinha, ela sofria de fome, sequinha, sua barriga gritava de fome, pois ela não tinha dente. Onça tinha apenas gengivas, ela não mastigava, ela andava magra no meio dessa região do Xererei, ela andava sozinha, andarilha, faminta. Como ela não comia quase nada, ela chorava. Ela chorava por fome de carne.

Quem a encontrou? Onça chegou onde estava Centopeia, onde morava sozinha como gente; Onça chegou à casa de Centopeia. Ela apareceu, elas se encontraram, ela ia de encontro. Com fome, andava como se fosse cego, sem olhos, sofria mesmo, fazia muito barulho, tropeçava de fome.

É uma centopeia! Vocês conhecem esse nome? Era gente, aquela que anda sem fazer barulho. *Krihi!* Ninguém mais faz esse barulho, andando em cima de um pau. Foi ela quem ensinou primeiro.

Ela emprestou seus pés para Onça não fazer mais barulho; ela o ensinou a andar discretamente. Depois do ensinamento de Centopeia, Onça andou, ela foi lá, chegou à terra plana e desceu.

ɨra xo, wapororitawë xo kɨ he haapɨɨ

Hɨ tëhë, kamiyë ɨra pëni pëma kɨ waɨ maopehe, ĩhɨ a kãi hunomi. Ɨra a hunomi, a kuonomi. Të urihi no ɨrapɨonomi. Te he tikëa. Kamiyë pëma kɨ ha xëprarɨnɨ, pëma kɨ rë waɨwei, ɨra a hunomi. *Hu, hu, hu!* Ɨra a kãi kunomi.

A hapa he rë harenowei, wetini a he harema? Yami ohi pëni a resi no preaama. Xi kɨ pë kõririwë no preaama. Nakɨ kuami yaro, Ɨra. Tukutuku të nakɨ pehɨto kua yaro, të pë kãi waxikanomi, maromaro ĩhɨ rë të urihi ha, ĩhɨ Xererei a urihi mɨ amo ha, ɨra yami a huma. Ohiri hurewë. Ai të waɨ waimi yaro, ërëkëwë, a ĩkɨma. Ɨra a naikiri ĩkɨma.

Wetini a he harema? Wapororitawë a kuopë ha, ɨra a warokema, Yanomamɨ ai a rii përɨopë ha, yami, Wapororitawë ihaɨrariwë e warokema. A pëtarioma, a mɨ pamarema. A ohiri rë katitore hamɨ. Ĩhɨ hawë hupëpɨ, hawë mamo kɨ maa hapa a hõra no preaaɨ kuaama, a kraikraipraotima, a rë yutuhouwei ohiri.

Waporomɨ kë kɨ! Ĩhɨ wama të pë wãha yuaɨ? Kutaenɨ ĩhɨ Yanomamɨ a kuoma, Yanomamɨ të pë mamikɨ hõra waɨ hĩrio ma rë mai! Krihi! Të kãi kuɨmi, a ɨmɨɨ makure kiha. Ɨhɨnɨ a hiraa parɨkema. A huɨ hirakema.

E mamikɨ mahɨkema, ɨra a kraɨmou maopë.

Ĩhɨ a ha hirakɨnɨ, a ha ukuuuuhaparunɨ, a ha yarɨɨɨɨɨhɨ taparunɨ, timɨ parunɨ.

A onça e o tatu

É UM TATU! Dizemos assim. Tatu estava andando. Yanomami, Tatu, tatu. Hoje, a onça mata e come tatu. Hoje, os dentes do tatu ficam na boca da onça. A onça tem dentes de tatu.

Àquela época, os dentes de Tatu saiam da boca, apesar de ele ter boca pequena. Ele comia coisas grandes. Onça vai tomar emprestados os dentes de Tatu, por isso, ele hoje tem dentes pequenos. Primeiro, Tatu emprestou os dentes a Onça e colocou seus dentes na boca de Onça, seus próprios dentes.

A onça nos comerá. Ela não vai me comer!? Não tenham dúvidas!

Onça e Tatu se encontraram, ela ia como gente. *Tëi! Tëi! Tëi! Krai! Krai! Xiri! Hĩkrai! Xiri! Krou! Kopou! Poxo! Rae!* Os dois faziam o mesmo barulho. Tatu ficou parado, ela vinha em sua direção. Quando ela o viu, se aproximou. Tatu olhou para os dentes de Onça. Os dentes de Tatu saíam da boca. *Hĩia!* Originalmente, Tatu tinha os dentes que a onça possui hoje.

— Irmão menor! Irmão menor! Com esses dentes, você come sem problema!— disse Onça.

— Como são seus dentes? Você não tem dentes como os meus?

— Não tenho! Por isso eu não mastigo quase nada. Eu sofro!

— Cadê? — Quando Tatu perguntou, Onça abriu a boca.

— *Hĩiĩ*! Como você vai comer? Quer experimentar os meus? Arranque os seus!

Os dois conversavam. Os dentes finos de Onça pareciam frouxos e finos como agulhas na boca de Tatu.

— Arrancou! Arrancou! Arrancou! Pronto!

Os últimos dentes do fundo ficaram grudados, Onça deu os dentes para Tatu. Os dentes de Tatu se tornaram pequenos.

— Arrancou! Arrancou! Arrancou! — disse Tatu.

Os dentes do fundo.

— Arrancou! Arrancou! Arrancou!

Para colocar os dentes, Onça abriu grande a boca.

— *Kriti*! *Kriti*! — Agora você não passará mais fome. Agora pode logo comer coisas grandes! Você matará animais, você matará anta! — Tatu disse.

Por isso, Onça ficou feliz. Ela o abraçou.

— Você mastigará ossos e engolirá ossos mastigados. — Tatu disse a Onça.

Imediatamente, Tatu passou a comer somente minhocas; para comer minhocas, ele cavava a terra. Ele comerá com esses dentes, eles comem assim.

Será que vai conseguir quebrar os ossos pequenos? Normalmente, não se quebram coisas grandes, mas Onça conseguirá quebrar coisas grandes. Foi assim.

ɨra xo, opo xo kɨ he haapɨɨ

O PO KË A! Pëma kɨ kuɨ. Oporiwë a huma. Yanomamɨ, Oporiwë, opo.

Kamanɨ a ha xëpranɨ, a wapë makuɨ, ĩhɨ opo, ĩhɨ nakɨ ɨra iha nakɨ kua.

Ɨhɨ hei opo e nakɨ pata rei pramoma, kahikɨ ihirupɨ makuɨ. A ihirupɨo tëhë, pata të pë wama. Ɨhɨ oponɨ ɨra nakɨ rë kuɨ opo ĩha e nakɨ mahɨkema. Nakɨ ma rë oxei. Ɨhɨ ɨra nakɨ mahɨpou, oponɨɨra nakɨ tɨkema, kama nakɨ.

Kamiyë pëma kɨ wapë, ɨranɨ. Ware a waimi! Pë puhi kuu mai!

A mɨ hetua piyërema, opo. Yanomamɨ kurenaha e huimama. *Tëi! Tëi! Tëi! Krai! Krai! Xiri! Hɨkrai! Xiri! Krou! Kopou! Poxo! Rae!* Ɨra e kua mɨ heturayoma. Ɨhɨ Oporiwë e rë kuɨ, e yanɨkɨtarɨoma, a katɨtoimaɨ ha, a ha tararɨnɨ, e u kua katɨtɨkema. Ɨra nakɨ mima. Opo e nakɨ pata reipramoma. *Hĩia!* Opo nakɨ hamɨ, ɨra nakɨ. Ɨranɨ nakɨ rë tapore.

— Oxei! Oxei! Milɨi kahë wa nakɨ rë kuinɨ, wa ɨaɨ ha ayaowei — ɨra e kuma.

— Wetɨ naha kë wa nakɨ kuwë? Hei ya nakɨ rë kupenaha wa nakɨ mata kupowë!

— Kuamɨ! Kuwë yaro, ya të pë waɨ wãxɨkɨpraɨ ha maonɨ, ya no preaaɨ!

— Wetɨ hamɨ kë? — a kuɨ ha, ɨra kahɨkɨ pata reretarɨoma.

— *Hɨɨɨ*, wa të iai ayao ta yaitakë! — e ha kuni — Pei! Ipa wa të kɨ wapai puhio? Mihi ëhë tëkɨ ta ukërari!

Kɨ noã tapɨyoma. Hawë proreprore ĩhɨ ira kama nakɨ wai rë ihirupɨ të kɨ wai rë kui, hawë unamo të pë wai rë xororoi:

— Ukë! Ukë! Ukë! A ĩnaharë!

Hei manakoro ha të kɨ wai xatipɨo tahiopë, ĩhɨ ira e nakɨ hipëkema, opo iha nakɨ oxeprarioma. Kamanɨ:

— Ukë! Ukë! Ukë! Ukë!

Manakoro të kɨ pata.

— Ukë! Ukë! Ukë!

Kamanɨ nakɨ rë tiaiwei, ira e kahikɨ pata reretaoma.

— *Kritɨ!, Kritɨ!* Pei kuikë wa ohii mai kë të! Ɨhɨ hei kuikë rë wa pata iai xoao. Yaro wa kãi xëprapë, xama wa xëprapë — a noã tama.

Kuwë yaro e puhi topraroma. A hẽkato hãore hërɨma.

— Wa të ũ pë wai ha waxikanɨ, wa të pë wai waxikano suhapë — e kuma.

Kama oponɨ horema e xi pë xĩro wai xoaoma, kama opo a rë kui, horema xi pë wai ha, a titëtitëmou xoakema. Ɨhɨ nakinɨ a iapë, pë ma rë iaɨwei.

Ɨhɨ ihirupɨ rë të ũ wahatoapë? Hĩi! Ɨnaha kuwë të pë pata wahatomamou ma mai, të ũ pata wahatoprai he yatiopë. Ɨnaha a tama.

A multiplicação das onças

EM SEGUIDA, segue a história daquele que fez as onças se multiplicarem. Ele foi à direção certa. Existe nos buracos de pau. Onde havia buraco de pau, outro tipo de onça existia, a onça *irahena*.

Não foi obra de ninguém! Eles tinham um *xapono* como este. Era o mesmo nome daquele que a tirou do buraco. Aquele que tirou a onça *irahena*, onça parecida com jia, depois de tirá-la, ele se alegrou com a pele pintada; depois de ele arrancar as folhas, as onças habitaram toda a floresta.

Ele chegou ao *xapono*. Haviam queimado. Nesse lugar, a roça estava próxima. Ele plantou as jias no lugar queimado. Ele plantou. Apesar de ser jia, ela não apodreceu, pois era onça. Onde ele plantou um pouquinho, ao final do dia, quando a floresta escureceu, da mesma forma que os capins têm flores, essa flor de onça também desabrochou.

A onça grande começou a surgir. Onde caíram as sementes, as onças se levantaram. Os Kaxanawëteri moravam no centro dessa região. São aqueles que plantaram a onça *irahena*.

Surgiram as onças suçuaranas, as onças suçuaranas vermelhas, as grandes onças e as onças pretas. As onças exterminaram os habitantes do *xapono* onde haviam plantado as onças, e cujo nome eu dei. Ninguém sobreviveu.

Elas são famintas de carne, e não foi só uma que andou. Logo comeram os habitantes. Esses antepassados não tiveram descendentes, pois nenhum conseguiu fugir. Nenhum sobreviveu. Exterminaram todos. Nenhum. Não foi uma onça só. Em um dia, exterminaram todos. Comeram também aquele que tirou a onça. Ele morreu também.

Depois de exterminar todos, a onça continuou a surgir na terra dos *napë*, apesar de essa terra se estender bem ao sul. Não foi obra de ninguém. As onças apareceram onde foi plantada a onça. Apesar de ser jia, a jia não apodreceu. Lá, a onça ficava dentro, a onça *irahena*.

O que segue é a história das onças que comeram muita gente.

Eles moravam perto da serra Yamaro e se chamavam Yamarowëteri. Chamaram o *xapono* deles Yamaro. Apesar de eles não terem plantado urucuzeiros, havia muitos no meio, por isso se chamavam assim. É outro nome para urucuzeiro. As onças os comiam também nas regiões vizinhas.

Os vizinhos um pouco mais distantes eram os Sementes-de-Urucu. Eles bebiam a água do rio Ximono. A voz deles era fina.

Após o *xapono* deles, havia outro grupo. Eram os vizinhos. Todos tinham os cabelos vermelhos. Os cabelos deles era de um vermelho bem forte. Os vizinhos deles eram os Iranawëteri. Chamaram o rio, do qual bebiam a água, Irana; por isso se chamavam Iranawëteri. Assim faziam nossos ancestrais.

ꝉra pë rë pararoyonowei

I HARANɨ, hei të rë kui hamɨ, ɨra pë rë pararoyonowei, a përɨoma. Ihi te he tikëa. Pë përɨoma. Ihi ya pë wãha tokumarema. Hei pë përɨoma. Hei pë rë kuinɨ, a katitirayo hërɨma. Hii hi pëka ha të pë ka ma rë kuprai. Inaha te hi ka kuopë ha, ɨra hena titioma.

Taprano mai të ã. Hei kurenaha pë xapono kuoma. Pei a wãha yai. Pei hena yai rë ukërenowei. A wãha yaia. Ihi a wãha kohomowë. Hena pa xërema. Hena ha ukërënɨ, moka kurenaha, të wai ha ukërënɨ, oni sipo wai oni, e ã topraroma. Të ha ukërënɨ, ɨra pënɨ urihi a haikiprapehe.

A kõpema. Kihi naha ĩxino praa. Hikari a ahetea yaro. Ĩxino të ha, hei moka a keaɨ kure. A kekema. Moka a kuoma makui, a kãi tarenomi, ɨra a yaro. Të wai ha kekɨnɨ, ĩhɨ mahu të rë keare ha, motoka maprou tëhë, të urihi mɨ titihiprou tëhë, hei porema hi pë rë kurenaha, porema hi pë hemoxi rë kurenaha, ɨra e hemoxi kuaama.

Poroporo pë pata kupro hërɨpë. Ihi hei të pë hemoxi pata rë prerëre hamɨ, ɨra pë pata hokëko hërɨma. Kama pë yahipɨ rë mɨ amoonowei ĩhɨ pë wãha Kaxanaweteri kuoma. Ihi pë yainɨ ɨra hena kekemahe.

Ira ketihenarimɨ, wakëwërimɨ, poroporokohe pë, hũ-kumarɨ sɨ pë, të pë pata kuprarioma. Ihi ei ya pë yahipɨ wãha rë yuprarihe, ĩha a rë keare ha, ɨranɨ pë haikirarema. Ai pë hëpranomi.

Pë naiki yaro, mori mahu të rë hure ha. Ihi teri pë waa xoaremahe. Iha ai të no hekama rë hëprouwei, patama të pë kãi tokunomi. Të pë hëpranomi. Pë haikiaremahe. Mori mahu të rë hare. Ihi mahu të mi haru ha të pë haikia xoaremahe. Kamani a rë ukërenowei, a kãi warema. No payeri taprarema.

Ihi të pë ha haikiraheni, ĩhi tëhë, hena rë kekihe tëhë, ira pëni napë a urihi makui, napëpë urihipi hami koro hami makui, ira a kuprario hërima. Taprano pë mai! Keano pë hami ira pë kuprarioma. Moka a makui, moka a kãi wãrimonomi. Ihi ira a titioma. Ira hena.

Omawë pë kuprarioma, yai të pë. Omawë pë wãha kekema. Omawë yai hena paxërema. Inaha të pë kuaama. Ya të pë rë hĩrinowei, ya të ã tai. Ya toa hërima. Ihi të waikiwë. Hiriano, wëyëno, pata të pëni wamare ki noã tamahe. Ya prao tëhë, ya ha praoni, ya të hĩrima. Inaha të kuwë.

Ihi te he tikë hami, pë pruka wai he rë tikëkonowei, ĩhi të kãi tikëa.

Ira henani pë pruka rë wanowei, pë wãha. Yamaro ki ha të pë rë përionowei, kama pë wãha Yamarowëteri kuoma. Xapono e rë kuonowehei Yamaro awãha yupomahe. Nara pruka xi hi pë keanomi makui, ĩhi të xihi pë pata mi amo ha pë kua yaro, pë wãha kuoma. Nara xi hi pë wãha Yamaro kua. Ihi pë pruka wama. Iha pë wai he tikëkoma.

Ihi te he ĩsitoripi tikëre ha, pë pruka yahipi he rë tikëkëmonowei, Ximonowëteri pë hiraoma. Ximonowëteri pë rë hiraonowei, kama Ximono u koamahe. Pë kahi ã kãi preonomi.

Ximonowëteri pë yahipi he tikëo ha, ai a yahi përioma. Inaha të pë henaki wakë kõre kumou xĩrooma. Hei pëma ki henaki rë kurenaha, pë henaki kuoma? Pë henaki wakë kõremoma. Ihi ei Ximonowëteri pë yahipi he tikë ha, kama Ɨranawëteri pë yahipɨ he tikëoma, Ɨranawëteri. Kutaenɨ kama pënɨ u rë koanowehei, Ɨrana u wãha yuamahe. Ɨnaha no patama të pë kuaama.

Minhocão

A história das minhocas. Quando a floresta existia, mesmo que a terra existia:
— Vou cavar minhocas! — ninguém dizia isso.
Não existia minhoca e, como as minhocas não saíam, ninguém saía, ninguém pescava depois de tirar minhocas. Era assim. Nós não as deixaremos cair na água, quando estamos com fome, nós cavamos onde há minhocas, nós as tiramos, muitas surgirão; para que nós fizéssemos assim, ele morou com a menina. Lá onde surgiu aquela mulher, a filha de Pokoraritawë ensinará as Yanomami a não gostar do marido; às vezes elas não gostam dos maridos. Ensinando-nos, a filha de Pokoraritawë se zangava demais, pois estava com medo, não queria seu marido. Apesar de ele ser muito bonito, a mulher não o queria, a filha de Pokoraritawë fez as minhocas surgirem. A mulher chegou lá com os dois Minhocões, que comiam o esperma deles mesmos. Aquele que ela desposou, apesar de ser bonito, foi embora caçar, até que afinal a mãe falou com a filha:
— Filhinha querida, teu marido foi de novo! Vai atrás dele! Vai! — ela disse.
Ela foi bem devagarzinho atrás dele.
Ele foi, soprou veneno em cuxiús, matou; ele era muito bom caçador, Paricá. Ela não gostava dele, de Paricá, era o nome do genro de Pokoraritawë. Minhocão fez os filhotes se multiplicarem com a esposa de Paricá. Quando seu

marido passou, os dois chegaram aonde Paricá estava. Ele estava longe, adiante, quando a mulher passou perto dos dois Minhocões, o mais velho e o mais novo.

Os dois moravam na terra plana e viviam na condição de Yanomami, pois não existiam minhocas à época. Os pais das minhocas moravam lá, no início. Eles farão os filhos se multiplicarem. Passando nesse caminho, lá em baixo, bem longe, Paricá matava cuxiús. As frutas de Minhocão estavam grudadas. Naquele caminho, as frutas eram numerosas, para atrair a mulher. Toso, toso, toso, toso! Faziam os restos. *Hõti, hõti, hõti!* Faziam assim também.

Os dois eram muito bonitos, os pais das minhocas: tinham a testa enfeitada de rabo de cuxiú, guardando a testa, o rosto dos dois era enfeitado e bonito. Assim era o rosto dos dois. Os dois Minhocões tinham barba bonita, para parecer o rosto de Paricá e enganar a mulher. Ela olhou:

— *Krai! Rae!* — disseram assim.

Os dois eram esbranquiçados:

— *Hïi*! Olhe! Olhe! É você? — disse a mulher bem bonita, com seios bonitos.

— Ô! De quem é essa voz?

Como tinha uma clareira, a mulher ficou em pé no limpo.

— Não pergunte quem sou! Sou eu! Você! É você mesmo! — disse a mulher.

— Não, não sou aquele que você pensa, eu sou outro!

— É você, é seu rosto mesmo, assim que é o seu rosto!

Ele pronunciou seu nome:

— Eu sou mesmo o Minhocão!

— Não, você não é outro, é você!

Enquanto ela insistiu em dizer isso, os dois Minhocões logo contaram a ela quem eram.

Um deles olhou e disse:

— Se você diz assim, tire essa folha nova de arumã, aí, aquela folha enrolada, você a arranca e a desenrola, e você senta em cima, sente-se em cima. Coloca sua bunda em cima — disseram os dois, de um jeito cantado.

Rindo, ela correu para arrancar a folha. Pensando que era Paricá, pois tinha o mesmo rosto, quando ele disse isso, ela arrancou a folha. Depois de arrancá-la e desenrolá-la em um lugar bonito da clareira, onde não havia nada, ela se sentou em cima, onde estava limpo. Os dois desceram, os dois desceram rapidamente e copularam com ela uma vez, não várias vezes, somente uma vez. Apesar de copular com ela somente uma vez cada um, os dois copulavam enquanto o marido estava matando todos os cuxiús, pois era muito bom caçador, acumulando as presas.

Ela não o alcançou, andava devagar.

Depois de ter copulado, não foi nos dias seguintes, mas no mesmo dia, apareceu a barriga que, apesar de uma vez só, já estava crescendo.

— Vai! Vai logo! — disseram os dois Minhocões, que voltaram para a morada deles.

O ventre daquela que estava andando sozinha crescia e crescia.

— Vai lá, onde teu marido está matando os cuxiús, ouça os gritos! — disse o Minhocão.

— *Hõhaaa!* — ela ficou pensando.

Depois de falar isso, ela foi bem devagar à direção onde estava seu marido. Indo lá, o ventre sempre crescia, porque não havia só um filho. Apesar de serem pequenos, eles estavam acabando com a carne dela. Ela ficou em pé, enquanto Paricá estava amarrando os cuxiús, ela ficou em pé lá longe.

Ele estava voltando. Ele havia matado todos os cuxiús e estava voltando, depois de carregá-los, ele estava voltando. Quando voltava, ele viu o ventre dela enorme de gravidez.

— Nunca mexi nessa mulher, e tem filho nesse ventre! — ele pensou.

Ele simplesmente pensou. Ele nunca tinha copulado com ela, pois ela não gostava dele. Ele passou, voltando. Ela voltou sozinha. Ela estava voltando rindo. Ela estava voltando atrás, sua barriga cresceu rapidamente. Ela voltava com esse ventre enorme.

Depois de um dia, o ventre dela estava gigantesco. Ele olhou atrás e viu a mulher com a barriga enorme.

— *Hõãaa*! É barriga com criança — ele pensou, e continuou andando.

— *Hĩii*! Será que eu já a sujei?

Xiri! Anoiteceu muito rápido. A noite caiu depressa. O ventre estava cheio. Olha só o suporte dos bichos. Não havia só um! O ventre estava se mexendo.

— *Õa, õa, õa, õa!* — diziam, lá dentro.

A mulher sofria, sofria passando mal, sofria por causa do que acontecia dentro dela. Doía muito o ventre dela. O marido dela estava deitado na sua rede, sem olhar para ela, enquanto o ventre dela doía, pois doía muito, acariciando sua barba e, enquanto a noite logo ficou densa e grossa, as minhocas saíram.

Weo! Weo! A placenta se derramava como se fosse água, e saíam filhotes de Minhocão:

— *Ũa! Ũa! Ũa!* — já faziam assim.

Como parecia voz de criança, ele olhou para as crianças no chão, apesar de estar deitado na rede, ele olhou. Não havia criança. Ele olhou de soslaio. Não dava para ver. Embaixo dele:

— *Ũa, ũa, ũa, ũa!* — faziam sem parar.

Eles nasciam, nasciam, nasciam, nasciam, nasciam, nasciam, nasciam.

Hiii! Havia tantos montes de minhoca que o fundo da casa sumiu, a vagina dela estava cheia de minhocas. Depois do trabalho de parto, ela olhou; ela fez assim. Eles choravam como crianças, chorando de sede já, eles demonstravam sede:

— Sede! Sede!— diziam, com uma voz de criança. — Estou com sede! — diziam rapidamente.

— A criança cresceu tão rápido! — ela pensou assim. Como estavam sempre com sede, ela deu o seio.

— *Tusu*! *Suku*! *Tusu*! *Suku*! — faziam assim enquanto mamavam. Ela fez assim. Como as minhocas faziam isso, ele ficou esperto. Ele entendeu:

— *Hii*! — ele pensou.

A mãe dela chegou correndo. Apesar de olhar, ela não as viu imediatamente. Apesar de escutar o choro de criança, ela olhou e voltou a deitar.

Deitada, a mãe das minhocas as cobriu, cobriu, cobriu, cobriu, cobriu. Amanheceu. Como a filha estava indo de manhã cedo, ela falou para sua mãe, enquanto o marido estava ali pensativo.

— Mãe! Não descubra o que eu cobri no fundo da casa. Não fique olhando o fundo da minha casa!

Havia tantas minhocas! Elas se embolavam, zoando, porque estava cheio.

— Não olhe o fundo da minha casa. Não descubra o que eu cobri! — ela disse, e saiu.

Xirirriri! E sumiu. Enquanto isso, a mãe levantou da rede.

— Por quê? Onde está essa criança, que deveria estar no colo, recém-nascida? Vai chorar muito, assim! — ela pensou, e correu até a casa.

Ela foi logo. Ela correu e descobriu o que estava onde a filha morava, aquelas minhocas, todas mexiam a cabeça ao mesmo tempo.

— *Xirirririri*! Sede! Sede! Sede! Avó! Sede! — eles a chamavam de avó. — Avó! Sede! Avó! Sede! Avó! Sede! — todos diziam.

— *Hĩãaaaaë*! — ela gritou logo. — *Hĩãaaaë*! Só você para fazer surgir aquilo! Por isso! Você não trata bem seu marido! É por causa desses bichos estranhos que você não conseguiu dormir! — ela disse. — Vai! Meu genro! Enquanto eles se mexem assim, derruba logo essa lenha, faz um fogo grande para ela! — disse a mãe.

Ela mandou queimar a filha viva! Depois de ela dizer isso, ele desceu da rede. Ele não demorou: derrubou aquele carapanã-uba.

Kraxi! *Kraxi*! *Kraxi*! *Krao*! *Torou*! Fazia lenha para cremá-la. Enquanto fazia lenha, ela voltou. Ela tinha ido tomar banho sem perceber, ela passou onde ele estava partindo a lenha. Ele virou as costas, onde ele estava fazendo lenha. Ele nem olhou. Ela se deitou, encolhida.

Pou! *Pou*! *Pou*! Ele amontoou muita lenha. *Pou*! *Pou*! *Pou*! Ele pegou brasas para acender o montão de lenha, ele fez aumentar o fogo. Como a lenha era seca, o fogo pegou logo.

Weee! Ele fez uma cerca, fez para ela. Depois, ele correu atrás dela. Ela nem se levantou, ele gritou para pegá-la, pois queria a cremar viva.

Weeeee! Ela estava deitada bem reta. Ela nem reagiu, ele correu a carregando em direção do fogo, e ela chorava:

— *Ëaë*! *Ëaë*! Mãe! Pai!

As pernas dela estavam balançando, dando impulso. Ele a jogou no meio do fogo.

Pou! Ele pegou outra lenha que estava no chão e amassou, amassou com força.

Ëëëaaaëëë! Proto! O fogo queimou, enquanto cremava, a sogra dele correu em cima dos minhocões para queimar os feios. Ela correu para pegá-los. Ela já tinha colocado água em cima do fogo em uma panela de barro para cozinhá-los. Ela correu com uma vasilha de água quente em direção das minhocas cobertas. Ela jogou a palha de coruá que as cobria:

Weeeo! Os minhocões gritavam:

— *Õiii, õiii, õiii*!

— Avó! Couro encolhido! Couro encolhido! Couro encolhido! Couro encolhido! — diziam atordoados, chamando-se de pele encolhida.

— Avó! Couro encolhido! Avó! Couro encolhido! Avó! Couro encolhido! — diziam os pedaços, arrebentados.

Olha só os montões de pedaços! Os pedaços estavam correndo logo, e ocuparam toda a floresta, os minhocões. Ficaram ocupando a floresta, os arrebentados, correndo logo pra todas as beiras de rio, entraram depressa no fundo da terra.

Depois de acontecer isso: — São minhocões! — Dizemos. Foi assim que aconteceu. Não existiam minhocas. Foi com ela que se multiplicaram. Nós as faremos cair na água para nós comermos peixes. A minhoca não apareceu do nada.

Foi depois de os dois Minhocões copularem com ela e multiplicarem seus filhotes, que foram embora com os pais. Os filhotes não moraram onde foram cremados, nem ficaram ali perto. Os dois foram logo. Assim foi. Desde que aconteceu, quando cai a chuva:

— *Tëɨ, tëɨ, tëɨ, tëɨ tëɨ*! — dizem seus pais, de onde estão.

Assim foi a história.

Horemariwë

Ai të ã. Horema të ã. Horema pë rë kui, urihi a kuo tëhë, heinaha xomi (pita) a kuprou tëhë, a kuo tëhë:
— Kiha horema ya kɨ tiëai! — ai të pë kunomi.
Horema xi pë kãi kuonomi, horema kɨ ha harinɨ, ai të hunomi, ai të kɨ wai ha tiëreheni, yuri a kãi rëkaɨ taonomihe, ĩnaha të kuoma. Ɨhɨ pëma të pë keamapë, kamiyë pëma kɨ ohii tëhë, të pë kuopë ha, pëma të pë ha tiëni, pëma të pë pata ukapë, të pë pata kuropë. Tëëpɨ kãi përikema. Ɨhɨ ihamɨ a suwë rë pëtore hamɨ, Pokoraritawë tëëpɨ ihamɨ Yanomamɨ të pë ɨpɨo hiraɨ ha, të pë ma rë ɨpɨowei; ɨhɨ të hiraɨ ha kamiyë Yanomamɨ pëma kɨ iha Pokoraritawë tëëpɨ huxuo he parohooma, a kirii yaro, a puhinomi, a riëhëwë totihiwë makui, suwëni a puhinomi, Pokoraritawë tëëpëni horema pë rarakema. Ɨhɨ Horemaritawë kama kɨpɨ iha a suwë ha waroikuni, kama moukɨ kete waoma. A rë ponowei, katehe a makui, a rë ponowei, e hurayo hërima, yakumɨ ĩhɨ ihamɨ pë nɨɨ e ã haɨ heama:
— Xõe! Hẽarohë a nohi hua kõrɨhe! A wai huto hërɨɨ! Hurɨ hërɨ! — e kuma.
Opɨ e hua hërayo hërima. E ha hurinɨ, wɨxa e kɨ horama, e kɨ niama, a nɨhiteo he parohoma, Yakuana a nɨhiteo he parohoma, ɨhɨ iha a ɨpɨoma, Yakuana iha, Pokoraritawë siohapɨ wãha, Yakuana hesiopɨ iha Horemaritawëni ihirupɨ pë rarakema. Hẽaropɨ e ha hayuikunɨ, e kɨpɨ nosi ha wetitarunɨ, a ha kuuuuupohorunɨ, a suwë hayuo ahetou tëhë.

Horemari kipi, pata, oxe, kipi rë përipia yaritaawei ha, Yanomami kipi rë kuonowei, horema pë kuami yaro. Ihi hapa horema hiipi kipi përioma. Ihiru pë raraapë. Hei yo hayua, hei, e ha kuuuu katiiiii tipokirini, Yakuanani wixa ki niama. Kama mouki të pë pata yëtëpramoma. Hei yo ma rë kui, të pë pata ximokorepramoma, suwë a rurupëapë. Toso, toso, toso, toso! Ki kanosi kupima. *Hõti, hõti, hõti!* E kupima.

Kipi riëhëo totihioma, horema pë hiipi rë kui, kipi moheki wëhuhuoma, hei wixa texina si pë rë kui, texina si yohopipoma. Kipi moheki wëhuhupiwë totihitaoma. Inaha rë e kipi moheki kupioma, kipi kaweiki kãi totihitapioma. Yakuana moheki kurenaha, suwë a miramapipë, a mamo xatitarioma:

— *Krai! Rae!* — të kutario ha.

Kipi pruxixiwë:

— *Hïi!* Mipraa! Mipraa! Mipraa! Ihi kahë rë wa? — e kui pëtarioma, suwë. E kupii pëtarioma, xëkëkëwë, suhe puu wai totihitaoma, no xi aihawë.

— Õ! Weti wãwã ta tawë, weti pei wãwã ta tawë?

Heinaha të ka yakëa kua yaro suwë a wawëtowë upratarioma.

— Weti mai! Kamiyë kë ya!

— Kahë rë wa, kahë rë wa nohi kui!

— Ma, kamiyë ĩhi ya tama! Kamiyë yaiwa ya rii.

— Ihi rë wa, ĩhi wa moheki katitire! Inaha wa moheki kuwë! — e kuma. A wãrima.

A wãha yuprarioma:

— Kamiyë Horemari ya rii ta kui!

— Ma! Wa no yaipimi, ĩhi rë wa!

Inaha e kupii ka kuaai ha, e kipi ã hapii xoaoma. E mamo xatitarioma.

— Ɨnaha wa kuu kunoi, mihi umoromɨ henakɨ tuku rë tɨrɨrɨre, mihi hena rë hututure, wa hena kɨpɨ ha ukërënɨ, wa hena ha hapexeprarinɨ, ɨ̃hɨ hena ha wa rokei, wa rokei kë tao! Wa koro pakohekei kë tao — e kɨ kahiã kupɨma.

E ɨ̃ka wã kãi rërëa nokakema. Hawë ɨ̃hɨ a kuwë ha, ɨ̃hɨ Yakuana mohekɨ kuopë naha, mohekɨ kuo katitioma, a kuɨ ha, e hena kɨ ukërema, e hena kɨ ha ukëpɨrënɨ, hena kɨ mɨ ha hapexeprarinɨ, heinaha të totihitaopë ha, të ka yakëopë ha, a koro pakohekema, të tãihiopë ha. Kuaai tëhë, e kɨ itopɨrayoma, a napë itopɨa haitarayoma, e kɨ rë itopɨre, na wapɨma, mahu, hei ai na waɨ, na waɨ, na waɨ të kupronomɨ, mahu! Ainɨ mahu na waararei, ainɨ mahu na waararei, ɨnaha mahu makui. Hei na rë wapɨɨ hëre, kiha hẽaropɨnɨ wɨxa kɨ haikiaɨ kë tëhë, a nɨhɨteo he ha parohoonɨ, kɨ weyoyamatii kë tëhë.

Ɨha e waroo mai!

E opisi huɨ hëo hërɨma, hei na rë wapɨararɨhe ha, ai të henaha e makasɨ kãi pëtonomɨ, mahu makui, ihiru makasɨ tɨrehetou waikɨrayoma, hei a rë waikare ha.

— Pei! Wa hurayou kë tao! — Kama kɨpɨ përɨopë ha, kɨ kõpɨkema.

Hei a rë huɨ hëoimatɨ hamɨ, ihiru makasɨ pataɨ waikio hërɨma.

— Hẽarohënɨ kiha wɨxa kɨ hõra rë niayahi ha, ɨ̃hɨ ei rë e kɨ rãawa, ɨ̃ha wa e waroyei — e kuma.

— *Hõaaa!* — e puhi kuɨ hẽoma.

Ha kunɨ, opisi e katitiatarou hëo hërɨma. E rë katitore hamɨ, ihiru a makasɨ tɨrehou waikio hërɨma. Mahu të kuami yaro. Pei të pë ma oxei makui, yãhi kɨ haikiama. E uprakema, wɨxa pë nanoka hãomaɨ tëhë, e upraa hëwëpetayoma.

Kama a kõoimama, kɨ niaa waikirarema yaro, a kõoimama. Pë ha yehirëni, a kõoimama. Kõoimani, suwë a makasi karereoma. Makasi kario tirewë waikiwë:
— Kihi rë ya pë napë kuaaɨ taoma mai, kihi ihiru rë makasi ë! — a puhi kutarioma.
Kama a puhi kuɨ pëoma. Kamanɨ na wanomi, e ɨpɨo yaro, a kõo e hayukema. Yami e kõo hëoimama. E ɨka wa teteo hëoimama. Ɨhɨ pei noha hamɨ e kõo ha hëoimanɨ, e makasi pataa hairayoma. Pataɨ hëoimama.
Ɨhɨ mahu të mɨ haru ha, makasi pata ihea hërɨma. A mɨ yapatou kõrayoma, suwë makasi pata kareroma.
— Hõaaa! Ihiru rë pesi! — a puhi kutario hërɨma
— Hɨi! Ya no kiriaɨ tao ta yaitakë? — a ha kunɨ.
Xiri! Ɨhɨ tëhë e të mɨ titihiprou haitarayoma. Rope të mɨ titihiprarioma. Ihiru të makasi pata ihewë. Hei të pë pesi pata hei! Mahu kë pë kua yaro! Mahu! Të pë pesi pata uprauprapraroma.
— Õa, õa, õa, õa! — të pë pata kuɨ huxomioma.
Suwë a no preaama, xi kirihiwë no preaama, huxomi xi kirihiwë no preaama. E të pë pesi pata niniprarioma. Hẽaropɨ e kutaoma. Ɨhɨ e hesikaki rë rëprapohorohe, ɨhɨ të pë ã pata ma përao tëhë, të makasi hõra niniaɨ ha haitaikunɨ, kuaaɨ ha, huxo huwëtaoma, ɨhɨ tëhë të mɨ titi supraa hërɨi tëhë, heêteprou hërɨi tëhë, të pë pata keama.
Weo! Weo! Hawë mau u pata rɨpraama, ɨhɨ horemari pë ihirupɨ yono u pata.
— Ũa! Ũa! Ũa! — hapa e të pata kurayoma.
Ihiru a yai kuɨ makure, ihiru e rɨya praa ha mɨnɨ, e hesikaki ma rëre të mɨma, kuonomi. Mamo axëoma. Taproimi. Ɨha kama pepi hamɨ:
— Ũa! Ũa! Ũa! — të pë pata kutima.
Të pë pata keaɨ, keaɨ, keaɨ, keaɨ, keaɨ, keaɨ, keaɨ.

Hɨ̃ɨ̃ɨ̃! Pei kë të pë he pata poraraprawë xĩka maprarioma, na ka no nihioma, a nohi kuaama. A ha kupraruni, të pë mima. Ihi të pë pata ũaũapraroma:

— Amixi! — të pë pata kui haitaoma. Pë amixi himou ha — Amixi! Amixi! — të pë pata kuma.

— Ihiru a wã kãi, wai hõra pataa ropaharayou! — a kui no mihitaoma.

— *Tusu! Suku! Tusu! Suku!* — Pë amixi kõo ha, të pë pata tamama. Inaha të pë pata kui ha, a puhi moyawërayoma. No ihipirema.

— *Hɨ̃ɨ̃!* — a puhi kutarioma.

Ihi tëhë pë nii e kua yaro, pë nii e rërëkema. Të mii makui, të pë pata taprai haionomi. Ihiru rë a wã makure. Të miakema, a përia kõkema.

E ha përiikuni, të pë he pata yohoapotayoma. Yohoai, yohoai, yohoai, yohoai, të mi harurayoma. Harika totihiwë e hui yaro, pë nii iha e ã hama. Ihi hesikaki kuprao xoao tëhë:

— Nape! Hei pei ya xĩka rë kui hami të pë he rë yohohore të pë he karoai heai mai! Ware xĩka mii heai mai! — e ku hërima.

Horema pë kua yaro! Të pë mi pata puruwë yaro. Të pë pata xiririmoma.

— Nape, ware xĩka mii mai! Hei të pë he rë yohohore të pë he karoai mai! — e kuma. E ku hërima. E harayo hërima.

Xiririririri! E mato hërii tëhë, e kui tëhë, pë nii e waheprarioma.

— Exi të ha, exi të ha ihiru weti hami a rë yakapore? Të mia hore ma përamapou — e puhi ha kuni, e rërëkema.

A rë rërëore, kama a kuopë hami të pë he pata rë yohoawei, të pë he pata karoprarema, horema të pë pata yai rë prei, ĩhi naxomi xĩro, të pë he pata kuakuaa nokararioma:

— *Xiririri!* Amixi! Amixi! Amixi! Yape! Amixi! — pë nɨɨ iha të pë pata yesimoma — Yape! Amixi! Yape! Amixi! Yape! Amixi! — të pë pata pruka kuma.
— *Hĩãaaaaë!* — a raria xoarayoma — Hĩãaaaë! Inaha wa të pë pata hore taamaɨ ayao yaro wa të ã hore no kirio ayao nosië! Inaha kë wa të pë pata xami hore taamatii ayao yaro, wa të ã hore yahoomi ayao no kuhaë! — e kuma. — Pei! Xõe! Inaha pë taamayou tëhë mihi wahë ãxo ha tuprakɨnɨ, a wakë kata tapipa! — pë nɨɨ e kuma.
Pë nɨɨnɨ a yaamaɨ puhima. Temɨtemɨ! Kuɨ tëhë e wahetarioma. A no teteheo maɨ! Hatoa a rë upraawei.
Kraxi! Kraxi! Kraxi! Krao! Torou! tarɨkɨ ta ma! Tarɨkɨ tama. Tarɨkɨ taɨ tëhë, e kõpema. Kihamɨ a rë yarɨmou xomi arui, tarɨkɨ poapë hamɨ e hayukema. E yaipë rëtakema, kama tarɨkɨ makui ha, e mamo kãi xationomi. E tasikɨ yoretakema.
Pou! Pou! Pou! E të pë heru pata taketayoma. Kaɨ wakë ha. *Pou! Pou! Pou!* wakë pata ukëa ha piyërënɨ, wakë paramama. Të pata haxitiwë yaro, e wakë kãi pata waa haɨtakema, arana kɨ tapema, a pehi tapema. A pehi ha poxokopanɨ, a napë rërëa xoakema:
Weeeee! E kãi hokëpronomi, napë ɨramorayoma, a temɨ yaaɨ yaro.
Weeeee! E katɨpraoma. Weeeee! E kãi hukëonomi, kaɨ wakë pata hamɨ e kãi rërëkei ha, e ëaëmorayoma:
— *Ëaë! Ëaë!* Napemi! Hapemi! — e kurayoma.
E matasikɨ yoayoamoma, e kaxëaɨ ha. Ihi mɨ amo të wakë pata yaɨ ha:
Pou! A xëyëkema. Ai ãxo pata rë praawei ãxo pata ha hurihirënɨ, a patëtëpema. A hĩkipema.
Ëëëaaaëëë! Proto! Kaɨ wakënɨ, a ĩxirayoma, a ĩxii tëhë, pë yesi e yëkema. Wãriti të pë pata yaprapë. E të pë napë pata rërëa paxikema. Mau u pata tupoma, hapoka a ha, të

pë hete pata rë tuaɨwei. Kaɨ hesi ha e u kãi pata rërëkema.
Të pë he pata rë yohoawei ha. Masiko kɨ pata maiprarema.
Weeeeo! Të pë ã pata pëprarioma.
— *Õiii, õiii, õiiii!* — të pë pata kuɨ pëprarioma.
— Yape si ãyiki, yape si ãyiki, yape si ãyiki, yape si ãyiki! — të pë pata porepɨ kuma. Kama pë si pata ãyikiwë himou ha:
— Yape si ãyiki! Yape si ãyiki! Yape si ãyiki! — të pë pata kuma, hemata.

Kihi kë të pë pata hemorokowë yapuruprawë, ĩha të pë hemata pata rë rërëoprou xoare, kihi a urihi rë kui, a haikiremahe, horema pënɨ. A urihi haikire hërɨmahe, ĩhɨ rë të pë pata rë hëtɨtɨraruhe, pata u kɨ rë kutarenaha, hei a pita huxomi hamɨ, të pë pata rërëokema. Rërëo xoaokema. Ɨnaha pë ha kuoikunɨ:

Horema kë pë! Pëma kɨ kuɨ, ɨnaha të kuprarioma.
Horema pë kuonomi. Ĩhɨ ihamɨ të pë pata rarokema. Pëma të pë keamapë, yuri pëma pë wapë, kama horema a xomi kupronomi.

A ihiru ha rarapɨkɨnɨ, pë hiɨ ɨha e kɨpɨ rë kupɨonowei, kɨ hupɨrayoma. Kɨ ihirupɨ yapraɨ aheteopë ha, kɨpɨ kupɨonomi, kɨpɨ përɨpɨonomi, kɨ ahetepɨonomi. Kɨpɨ hupɨa xoarayoma. Ɨnaha të kuprarioma. Të ha kupraruni:
— *Tɨ, tɨ, tɨ! tɨ, tɨ!* — maa a ha keni, ĩhɨ pë kupramopë hamɨ, pruka pë hiɨ pë kuɨ.

Ɨnaha të ã kutaoma.

O pássaro popomari

Há a história para nós, Yanomami; nos perdermos na mata, ensinou-se, ensinou-se a nos perdermos. Eles tinham uma grande roça, e assim faremos. Aprendemos a nos perder até na roça, de tão grande. Ela se estendia, apesar de ser roça, e aquele um se perdeu. Tem essa história, também. Foi assim.

Há os que existiram no início e que se transformaram, aqueles que existiram; a imagem daquele que gritou existe também na terra dos *napë*. Ele se perdeu, aquele que se perdeu lá, o eco da sua voz voou em todas as partes. Ele gritou, o pássaro *popomari* fez ele se perder. Ela habitou toda a floresta, a voz: *Po! Po! Po! Po! Po! Po! Po!* daquele *popomari*, Popomaritawë se perdeu. Aquele que se perdeu errou de caminho e sua imagem foi embora. Com o eco da sua voz, para toda a floresta se encher de *popomari*. Nós faremos assim, pois nos ensinaram.

Nós também ficamos à deriva em cima dos rios, não voltamos direto. Você se perderá no rio. Ficamos agindo assim, ele sumiu. Ele gritava, gritava e ninguém respondia. Não responderam. Ele se perdeu lá longe, no meio da roça e não responderam. Assim fez, sofreu, por isso, o canto dele se escuta também na terra dos *napë*.

Popomaritawë

Yanomami pëma kɨ mohorupë të kãi kua. Të rë hiranowei. Mohoruu rë hiranowei. Hikari pata a prapoma. Ɨnaha pëma të pë tapë. Të pata ha praukurarini, hikari a makui ha, a mohoru rë kukenowei, të kãi kua. Taprano të hamɨ mai! Ai të pë no patama hamɨ mai! Ɨnaha të kuprarioma.

Hapa, të pë rë kuonowei, ĩhɨ të pë rë kuprarionowei, ĩhɨ napë pë urihipɨ hamɨ të pë ã no uhutipɨ kãi kuprawë, a rë kominowei, a tokurayoma, kihamɨ a rë tokure hamɨ, a wã no uhutipɨ yëo xoaomopotayoma. A komiɨ, popomari pë rë kui, Popomaritawë, a mohorumarema. Ĩhɨ a rë kui: *Po, po, po, po, po, po, po!* Të pë rë kutouwei, urihi a haikirema. Ĩhɨ mohoruno a rii rë yakërayonowei, a no uhutipɨ huokema, ĩhɨ a wã no uhutipɨ; ɨnaha a urihi no popomaripɨ kuprou haikiopë. Ɨnaha pëma kɨ kuaapë, pëma kɨ hirama.

Mau u ha pëma kɨ kãi karëɨ, pëma kɨ kãi kõo katitiomi. Mau u hamɨ wa mohorurayou. Ɨnaha pëma kɨ kuaaɨ rë hëre, a marayoma. A komɨprarotima, a komɨpraroma, e të pë ã huonomi. A wã huanomihe Hikari mi amo të pata hamɨ, a ma mohorurati, a wã hĩrianomihe. Ɨnaha a kuaama, a no preaama, kutaeni, napë a urihi hamɨ të pe ã kãi kuwë. Ɨnaha të pë kui haikiwë.

O surgimento da flecha

A história da flecha. Aconteceu o seguinte. Tinha o dono. Não foi outro que depois de abrir um tipo de roça plantou as flechas. Onde morava o dono, parecia um flechal, essas flechas que eles plantaram em seguida em todos os *xapono*.

Assim que é, porque ele é o dono mesmo. Aquele que descobriu a flecha se chamava Xororiakapëwë, é seu flechal, fará atirar as flechas, aquele que descobriu as flechas, era a imagem das pequenas andorinhas que voam acima da água.

Xororiakapëwë descobriu as flechas, fez as flechas *hauya*. Graças a ele, os Yanomami descobriram a flecha e pegaram-na. O limite do flechal fica na boca do rio subindo; é seu flechal, não é de Yanomami. Eles pegaram as flechas e as espalharam. Ele fez as flechas se multiplicarem.

Os Yanomami não tinham flechas, depois de pegarem-nas e plantarem-nas, eles guerrearam. Antes eram desprovidos, não tinham flechas, eles flechavam com talas pequenas de arumãs em penas, aquelas flechas nativas, ou de caule de planta *tomi si*. Ofereciam-se essas flechas de má qualidade, pegavam haste de caranarana parecidas com flechas, amarravam penas na extremidade e flechavam com essas flechas de má qualidade. Não existiam flechas de verdade. Foi por ele que os Yanomami se flecharam, pois ele as fez. É o dono mesmo.

Xereka a rë kuprarionowei

Xereka a rë kuprarionowei. Weti naha të kupronomɨ! Kama pë teri a kua yaro, hawë hikari a pata ha tapramarnɨ, xereka si rë kekenowei ai të kuami. Kama pë teri pënɨ pë kuopë ha, a përɨopë ha, hawë ɨnaha si pata kuoma, e të si pata rë kuprarionowei, ĩhɨ tëhë të rë piyëmaɨ kukenowehei, e si kuoma.

Ɨnaha të kua, kama pë teri yai. Si rë taprarenowehei, kama a rë përɨonowei, ĩhɨ a wãha, Xororiakapëwë e si, ĩhɨnɨ xereka a niaamapë e si, si rë tapramarenowei, xoro ĩhɨ të pë no uhutipɨ ihirupɨ yëɨ, mau u hamɨ.

Xororiakapëwënɨ si xereka taprarema. Hauya si tapramarema. Ɨhɨ iha si he rë harenowehei, a piyëremahe, kihi ipa u rë para kiri, kihi të si pata koro, ĩhɨ hei ĩhete rë të si pata yamoo kurayoi, ĩhɨ e si yai, Yanomamɨ tënɨ mai! Ɨhɨ e si piyëremahe. Yanomamɨ të pënɨ xereka a ponomihe, pei si piyëremahe, si ha piyërëhenɨ, si ha kearɨhenɨ, të pë niayorayoma, hapa.

Hapa të pë hõrimoma, xereka a ponomihe, ruhu masi pë wai xomi niaamahe tɨrɨtɨrɨ të pë wai xĩro niaamahe mahemahõ, urihi hamɨ të si pë rë kuprai, tomɨ si poko pë, yãxaamahe, kohere si poko pë hawë xereka pë rë kure, ĩhɨ të pë he õkawa yãxaai no preomahe. Xereka pë kuami yaro. Ɨhɨnɨ Yanomamɨ të pë niayopë, si taprarema, ĩhɨ teri a yai.

Antes do surgimento do terçado

Quando não havia terçado, quebravam o peito das tartaruguinhas *pirema*, rachavam pau e amarravam na fenda do pau aquele peito de tartaruguinha, sofriam com esse tipo de ferramentas com as quais abriam roças. Assim faziam no início.

Amarravam também peito de jabuti, derrubavam árvores com machados de pedra, com pedras. Aquelas pretas. Procuravam e juntavam as pedras, afiavam-nas e derrubavam as árvores grandes. Com essas pedras amarradas no pau. Depois de recuperarem todas as pedras, de amarrá-las bem fincadas, eles derrubavam as árvores grandes. Por onde eles moravam, por onde eles habitavam, com a casca do peito das tartaruguinhas, eles cortavam os esteios das casas. Assim que faziam.

Sipara a rë kuprarionowei

Sipara a mao tëhë, mixiukëmɨ, misi pë parikɨ si ha karoahenɨ, pë parikɨ si hãhopomahe, hãhoa kurenaha të pë hãhoaikuo no ha preohenɨ, ɨ̃hɨ të pë parikɨ si ha të pë hikaripɨ taoma. Ɨnaha të pë kuaama, hapa. Totori parikɨ si hãhopomahe, poo maro pënɨ kayapa hi pë tuyëmahe, maa ma pë, të pë rë ĩxii, ɨ̃hɨ të pë ha hokahenɨ, të pë namo ha tahenɨ, kayapa hi pë tuyëmahe. Hãhoa të pënɨ. Pei të pë ha wãkɨahenɨ, të pë posi ha õkahenɨ, kayapa hi pë tuyëmahe, ɨ̃hɨ pei të pë përɨapë hamɨ xapono a tapehe, ɨ̃hɨ misi pë parikɨ sinɨ, të pë hãtopɨ nahi pëoma. Ɨhɨ të xĩro tamahe.

O corte dos cabelos

Quando não havia *napë*, sofriam de ter o rosto fechado pelos cabelos que desciam, tinham o rosto como o de mulher por causa dos cabelos. Ele fez o bambu *sunama* e o bambu *waharokoma* aparecerem. Os Yanomami cortavam os cabelos com ponta de tacuará. Quando não o encontravam, usavam o bambu *uhe*. Rasgavam-no e cortavam os cabelos com isso, faziam o corte com esses pedaços. Eles se davam esses pedaços de má qualidade, pois não havia *napë*. As mulheres sofriam com o sangue do corte, quando faziam assim, cortavam a testa, como faziam assim, eles sofriam. No início não havia tesoura.

Qual é o *napë* que apareceria e inventaria aquela tesoura?

No início, se cortavam mutuamente o cabelo com pedaços de tacuará afiados. Partiam o bambu *sunama*, com o qual se cortavam o cabelo mutuamente, com o fio da lâmina. *Kreti*! *Kreti*! *Kreti*! Cortavam-se o cabelo mutuamente. Assim que faziam entre eles. Também não havia facão.

Cortavam também a carne com pedaços de tacuará *sunama*, no início.

Të pë hemakasi pëyomou rë hapamonowei

Hapa napë a mao tëhë, pë mɨ raeke no preaama, të pë henakɨ itoma, të pë mɨ raeke no preaama, suwë mohekɨ kurenaha, të pë mohekɨ kuaama, pei të pë henakɨnɨ, ɨhɨ të rë kui, Sunamau he kɨ rë pëtamarenowei, Waharokoma kɨ rë pëtamarenowei, rahaka pë atahunɨ të pë mɨ pëoma. Ɨhɨ kɨ he hao mao tëhë, uhe pë wãha yai kua kuhe. Ɨhɨ pënɨ, të pë ha kakahenɨ, të pë mɨ tayoma, hõra, hanɨma, atahu pënɨ. Ɨhɨ të pë yãxaamahe, napë pë kuami yaro, suwë të pë mɨ ɨyë no preaama, ɨnaha të pë taihe ha, huko si pë hanɨɨ, ɨnaha të pë pata taihe yaro, ɨhɨ të pë ha të pë no preaama.

Hapa nakɨra pë kuonomi yaro, weti a napë a ha pëtarunɨ, kɨ taprapë? Mɨ hanɨyou të kuoma hapa. Rahaka namo, rahakaa ãtahu të pë hanɨyoma. Sunama akasi pë kakaɨ piyëohe, ɨhɨ të pë tutakɨnɨ të pë mɨ hanɨyoma. *Kreti! Kreti!* Të pë henakɨ tayoma. Ɨnaha pë tayoma. Xokopi pë kãi kuo mao tëhë, xokopi pë kãi kuonomi.

Ɨhɨ Sunama akasi pënɨ të pë yaropɨ hanɨoma. Hapa.

COLEÇÃO «HEDRA EDIÇÕES»

1. *A metamorfose*, Kafka
2. *O príncipe*, Maquiavel
3. *Jazz rural*, Mário de Andrade
4. *O chamado de Cthulhu*, H. P. Lovecraft
5. *Ludwig Feuerbach e o fim da filosofia clássica alemã*, Friederich Engels
6. *Hino a Afrodite e outros poemas*, Safo de Lesbos
7. *Præterita*, John Ruskin
8. *Manifesto comunista*, Marx e Engels
9. *Rashômon e outros contos*, Akutagawa
10. *Memórias do subsolo*, Dostoiévski
11. *Teogonia*, Hesíodo
12. *Trabalhos e dias*, Hesíodo
13. *O contador de histórias e outros textos*, Walter Benjamin
14. *Diário parisiense e outros escritos*, Walter Benjamin
15. *Don Juan*, Molière
16. *Contos indianos*, Mallarmé
17. *Triunfos*, Petrarca
18. *O retrato de Dorian Gray*, Wilde
19. *A história trágica do Doutor Fausto*, Marlowe
20. *Os sofrimentos do jovem Werther*, Goethe
21. *Dos novos sistemas na arte*, Maliévitch
22. *Metamorfoses*, Ovídio
23. *Micromegas e outros contos*, Voltaire
24. *O sobrinho de Rameau*, Diderot
25. *Carta sobre a tolerância*, Locke
26. *Discursos ímpios*, Sade
27. *Dao De Jing*, Lao Zi
28. *O fim do ciúme e outros contos*, Proust
29. *Pequenos poemas em prosa*, Baudelaire
30. *Fé e saber*, Hegel
31. *Joana d'Arc*, Michelet
32. *Livro dos mandamentos: 248 preceitos positivos*, Maimônides
33. *Eu acuso!*, Zola | *O processo do capitão Dreyfus*, Rui Barbosa
34. *Apologia de Galileu*, Campanella
35. *Sobre verdade e mentira*, Nietzsche
36. *Poemas*, Byron
37. *Sonetos*, Shakespeare
38. *A vida é sonho*, Calderón
39. *Sagas*, Strindberg
40. *O mundo ou tratado da luz*, Descartes
41. *Fábula de Polifemo e Galateia e outros poemas*, Góngora
42. *A vênus das peles*, Sacher-Masoch
43. *Escritos sobre arte*, Baudelaire
44. *Cântico dos cânticos*, [Salomão]
45. *Americanismo e fordismo*, Gramsci
46. *Balada dos enforcados e outros poemas*, Villon
47. *Sátiras, fábulas, aforismos e profecias*, Da Vinci
48. *O cego e outros contos*, D.H. Lawrence
49. *Imitação de Cristo*, Tomás de Kempis
50. *O casamento do Céu e do Inferno*, Blake
51. *Flossie, a Vênus de quinze anos*, [Swinburne]
52. *Teleny, ou o reverso da medalha*, [Wilde et al.]
53. *A filosofia na era trágica dos gregos*, Nietzsche
54. *No coração das trevas*, Conrad

55. *Viagem sentimental*, Sterne
56. *Arcana Cœlestia* e *Apocalipsis revelata*, Swedenborg
57. *Saga dos Volsungos*, Anônimo do séc. XIII
58. *Um anarquista e outros contos*, Conrad
59. *A monadologia e outros textos*, Leibniz
60. *Cultura estética e liberdade*, Schiller
61. *Poesia basca: das origens à Guerra Civil*
62. *Poesia catalã: das origens à Guerra Civil*
63. *Poesia espanhola: das origens à Guerra Civil*
64. *Poesia galega: das origens à Guerra Civil*
65. *O pequeno Zacarias, chamado Cinábrio*, E.T.A. Hoffmann
66. *Um gato indiscreto e outros contos*, Saki
67. *Viagem em volta do meu quarto*, Xavier de Maistre
68. *Hawthorne e seus musgos*, Melville
69. *Ode ao Vento Oeste e outros poemas*, Shelley
70. *Feitiço de amor e outros contos*, Ludwig Tieck
71. *O corno de si próprio e outros contos*, Sade
72. *Investigação sobre o entendimento humano*, Hume
73. *Sobre os sonhos e outros diálogos*, Borges | Osvaldo Ferrari
74. *Sobre a filosofia e outros diálogos*, Borges | Osvaldo Ferrari
75. *Sobre a amizade e outros diálogos*, Borges | Osvaldo Ferrari
76. *A voz dos botequins e outros poemas*, Verlaine
77. *Gente de Hemsö*, Strindberg
78. *Senhorita Júlia e outras peças*, Strindberg
79. *Correspondência*, Goethe | Schiller
80. *Poemas da cabana montanhesa*, Saigyō
81. *Autobiografia de uma pulga*, [Stanislas de Rhodes]
82. *A volta do parafuso*, Henry James
83. *Ode sobre a melancolia e outros poemas*, Keats
84. *Carmilla — A vampira de Karnstein*, Sheridan Le Fanu
85. *Pensamento político de Maquiavel*, Fichte
86. *Inferno*, Strindberg
87. *Contos clássicos de vampiro*, Byron, Stoker e outros
88. *O primeiro Hamlet*, Shakespeare
89. *Noites egípcias e outros contos*, Púchkin
90. *Jerusalém*, Blake
91. *As bacantes*, Eurípides
92. *Emília Galotti*, Lessing
93. *Viagem aos Estados Unidos*, Tocqueville
94. *Émile e Sophie ou os solitários*, Rousseau
95. *A fábrica de robôs*, Karel Tchápek
96. *Sobre a filosofia e seu método — Parerga e paralipomena (v. II, t. 1)*, Schopenhauer
97. *O novo Epicuro: as delícias do sexo*, Edward Sellon
98. *Sobre a liberdade*, Mill
99. *A velha Izerguil e outros contos*, Górki
100. *Pequeno-burgueses*, Górki
101. *Primeiro livro dos Amores*, Ovídio
102. *Educação e sociologia*, Durkheim
103. *A nostálgica e outros contos*, Papadiamántis
104. *Lisístrata*, Aristófanes
105. *A cruzada das crianças/ Vidas imaginárias*, Marcel Schwob
106. *O livro de Monelle*, Marcel Schwob
107. *A última folha e outros contos*, O. Henry
108. *Romanceiro cigano*, Lorca
109. *Sobre o riso e a loucura*, [Hipócrates]
110. *Ernestine ou o nascimento do amor*, Stendhal
111. *Odisseia*, Homero

112. *O estranho caso do Dr. Jekyll e Mr. Hyde*, Stevenson
113. *Sobre a ética — Parerga e paralipomena (v. II, t. II)*, Schopenhauer
114. *Contos de amor, de loucura e de morte*, Horacio Quiroga
115. *A arte da guerra*, Maquiavel
116. *Elogio da loucura*, Erasmo de Rotterdam
117. *Oliver Twist*, Charles Dickens
118. *O ladrão honesto e outros contos*, Dostoiévski
119. *Sobre a utilidade e a desvantagem da história para a vida*, Nietzsche
120. *Édipo Rei*, Sófocles
121. *Fedro*, Platão
122. *A conjuração de Catilina*, Salústio
123. *Escritos sobre literatura*, Sigmund Freud
124. *O destino do erudito*, Fichte
125. *Diários de Adão e Eva*, Mark Twain
126. *Diário de um escritor (1873)*, Dostoiévski
127. *Perversão: a forma erótica do ódio*, Stoller
128. *Explosao: romance da etnologia*, Hubert Fichte

COLEÇÃO «METABIBLIOTECA»

1. *O desertor*, Silva Alvarenga
2. *Tratado descritivo do Brasil em 1587*, Gabriel Soares de Sousa
3. *Teatro de êxtase*, Pessoa
4. *Oração aos moços*, Rui Barbosa
5. *A pele do lobo e outras peças*, Artur Azevedo
6. *Tratados da terra e gente do Brasil*, Fernão Cardim
7. *O Ateneu*, Raul Pompeia
8. *História da província Santa Cruz*, Gandavo
9. *Cartas a favor da escravidão*, Alencar
10. *Pai contra mãe e outros contos*, Machado de Assis
11. *Democracia*, Luiz Gama
12. *Liberdade*, Luiz Gama
13. *A escrava*, Maria Firmina dos Reis
14. *Contos e novelas*, Júlia Lopes de Almeida
15. *Iracema*, Alencar
16. *Auto da barca do Inferno*, Gil Vicente
17. *Poemas completos de Alberto Caeiro*, Pessoa
18. *A cidade e as serras*, Eça
19. *Mensagem*, Pessoa
20. *Utopia Brasil*, Darcy Ribeiro
21. *Bom Crioulo*, Adolfo Caminha
22. *Índice das coisas mais notáveis*, Vieira
23. *A carteira de meu tio*, Macedo
24. *Elixir do pajé — poemas de humor, sátira e escatologia*, Bernardo Guimarães
25. *Eu*, Augusto dos Anjos
26. *Farsa de Inês Pereira*, Gil Vicente
27. *O cortiço*, Aluísio Azevedo
28. *O que eu vi, o que nós veremos*, Santos-Dumont
29. *Poesia Vaginal*, Glauco Mattoso

COLEÇÃO «QUE HORAS SÃO?»

1. *Lulismo, carisma pop e cultura anticrítica*, Tales Ab'Sáber

2. *Crédito à morte*, Anselm Jappe
3. *Universidade, cidade e cidadania*, Franklin Leopoldo e Silva
4. *O quarto poder: uma outra história*, Paulo Henrique Amorim
5. *Dilma Rousseff e o ódio político*, Tales Ab'Sáber
6. *Descobrindo o Islã no Brasil*, Karla Lima
7. *Michel Temer e o fascismo comum*, Tales Ab'Sáber
8. *Lugar de negro, lugar de branco?*, Douglas Rodrigues Barros
9. *Machismo, racismo, capitalismo identitário*, Pablo Polese
10. *A linguagem fascista*, Carlos Piovezani & Emilio Gentile
11. *A sociedade de controle*, J. Souza; R. Avelino; S. Amadeu (orgs.)
12. *Ativismo digital hoje*, R. Segurado; C. Penteado; S. Amadeu (orgs.)
13. *Desinformação e democracia*, Rosemary Segurado
14. *Labirintos do fascismo, vol. 1*, João Bernardo
15. *Labirintos do fascismo, vol. 2*, João Bernardo
16. *Labirintos do fascismo, vol. 3*, João Bernardo
17. *Labirintos do fascismo, vol. 4*, João Bernardo
18. *Labirintos do fascismo, vol. 5*, João Bernardo
19. *Labirintos do fascismo, vol. 6*, João Bernardo

COLEÇÃO «MUNDO INDÍGENA»

1. *A árvore dos cantos*, Pajés Parahiteri
2. *O surgimento dos pássaros*, Pajés Parahiteri
3. *O surgimento da noite*, Pajés Parahiteri
4. *Os comedores de terra*, Pajés Parahiteri
5. *A terra uma só*, Timóteo Verá Tupã Popyguá
6. *Os cantos do homem-sombra*, Mário Pies & Ponciano Socot
7. *A mulher que virou tatu*, Eliane Camargo
8. *Crônicas de caça e criação*, Uirá Garcia
9. *Círculos de coca e fumaça*, Danilo Paiva Ramos
10. *Nas redes guarani*, Valéria Macedo & Dominique Tilkin Gallois
11. *Os Aruaques*, Max Schmidt
12. *Cantos dos animais primordiais*, Ava Ñomoandyja Atanásio Teixeira
13. *Não havia mais homens*, Luciana Storto

COLEÇÃO «NARRATIVAS DA ESCRAVIDÃO»

1. *Incidentes da vida de uma escrava*, Harriet Jacobs
2. *Nascidos na escravidão: depoimentos norte-americanos*, WPA
3. *Narrativa de William W. Brown, escravo fugitivo*, William Wells Brown

COLEÇÃO «ANARC»

1. *Sobre anarquismo, sexo e casamento*, Emma Goldman
2. *O indivíduo, a sociedade e o Estado, e outros ensaios*, Emma Goldman
3. *O princípio anarquista e outros ensaios*, Kropotkin
4. *Os sovietes traídos pelos bolcheviques*, Rocker
5. *Escritos revolucionários*, Malatesta
6. *O princípio do Estado e outros ensaios*, Bakunin
7. *História da anarquia (vol. 1)*, Max Nettlau
8. *História da anarquia (vol. 2)*, Max Nettlau

9. *Entre camponeses*, Malatesta
10. *Revolução e liberdade: cartas de 1845 a 1875*, Bakunin
11. *Anarquia pela educação*, Élisée Reclus

Adverte-se aos curiosos que se imprimiu este livro na gráfica Meta Brasil, na data de 5 de maio de 2022, em papel pólen soft, composto em tipologia Minion Pro e Formular, com diversos sofwares livres, dentre eles LuaLaTeXe git.
(v. 7f2ce19)